너의 총합

너의 총합

이수경
소설집

차 례

어떻게 지냈니

새해가 되고 며칠이 지난 날이었다.

"눈이 오나?"

영호가 싱크대 앞에 서서 뒤를 돌아보며 중얼거렸다. 밤 아홉시가 다 되어가는 시간이었다. 밤사이 눈이 내리고 지독한 한파가 덮칠 거라는 일기예보가 티브이에서 흘러나왔다.

신애는 삶은 소시지와 캔 맥주를 쟁반에 받쳐 들고 영호의 뒤에 서 있었다. 아들의 방에서는 아무 소리도 들리지 않았다.

저녁 설거지를 마치고 영호는 식탁 의자에 앉아 휴대폰으로 동영상을 틀었다. 영호가 보고 있는 동영상이 한문 강의라는 것을 신애는 한참을 지나고 나서야 알았다. 언젠가 영호는 한문을 가르치는 일을 하고 싶다고 말한 적이 있었는데, 그때 신애는 남편이 한자 같은 걸 좋아하는지 알지 못했다. 둘은 앞으로 무슨 일을 하며 살아야 할까 이야기하던 중이었으나, 영호는 돈벌이가 아니라 꿈에 대해서 말하는 사람 같았고, 신애는 영호가 정말 한문 선생이 되었으면 좋겠다고 생각했다. 신애의 생각으로는 한문도 가르치는 일도 그에게 잘 어울릴 것 같았다. 둘이 결혼한 지 이 년째 되던 해, 딸 윤아와 아들이 태어나기 전 어느 저녁에 나눈 이야기였다.

'그렇게 살 수만 있었다면……'

그런 생각을 하자 신애는 가슴이 아팠다.

"눈이 온다고요?"

아들이 방에서 나와 영호의 맞은편에 앉았다. 아들의 몸과 얼굴에서 청년의 태가 났다. 해가 바뀌어 스무 살이 되었고 대학생이 된 지 일 년이 지났으니까. 겨우내 다듬지 않은 구레나룻이 귀밑에서 턱까지 자라 예민하고 우울해 보이기는 해도,

'아이가 자라면 어떤 모습일까'

아름답고 영리한 어린 아들을 보며 신애가 상상하던 그 모습이었다.

"눈이 오는지 보려면 창문을 열어야죠."

아들이 싱크대 위 작은 창을 돌아보며 말했다.

"곧 러시아…… 아니, 모스크바보다 더 추워진다는구나."

영호도 아들의 시선을 따라 고개를 돌렸다.

신애는 영호와 아들이 바라보고 있는 창밖, 외길이 휘어진 곳에 있던 은행나무를 떠올렸다.

잎이 물드는 가을 저녁과 눈 쌓인 가지에 햇살이 내려앉는 겨울 낮.

영호가 일하러 가고 아이들이 잠든 밤.

장마가 지고 바람이 불고 꽃이 피던 거의 모든 날.

싱크대 앞에 서서 바라보던 은행나무 위로 눈송이가 떨어지고 있을 것만 같았다.

'정말 눈이 올까?'

신애는 안방으로 들어가 책상 위에 소시지와 캔 맥주를 내려놓았다. 창가에 책상을 붙여 책을 쌓아두고 의자를 책상과 등지게 돌려 그 앞에 다른 책상을 배치한 구조는 그때 그대로였다.

어린 딸과 아들이 문을 열고 들어오면 눈을 맞추고 웃던 날들처럼, 신애는 책상과 책상 사이 의자에 앉아 방문을 마주보았다. 바람이 회오리처럼 몰아쳐 유리창을 흔들며 지나갔다. 덜컹거리는 창문 아래 그날 밤 신애 혼자 잠든 2인용 침대와 책상 모퉁이에 놓아둔 붉은색 양장본 책도 변함없이 그대로였다.

'2005년 윤아에게.'

로마 시인 오비디우스의 신화를 번역한 양장본 책의 앞면

에는 딸 윤아의 이름이 쓰여 있고,

'이때 뿜어져 나온 모유가 하늘에 은하수를 만들고…… 드뤼오페는 원치 않는데도 비참하게 나무로 변신하는데……'

아기를 안은 채 나무로 변신한 드뤼오페의 이야기와 여신 유노의 젖을 빠는 어린 헤르쿨레스의 그림에 밑줄이 그어져 있다.

"이 글자의 본래 의미는……"

"그래서 그렇게 변한 거군요."

주방에서 아들과 남편이 주고받는 이야기가 방문을 넘어왔다. 남편은 아들에게 한자 '스스로 자(自)'와 '코 비(鼻)' 자에 대해 말하는 것 같았고, 아들은 아버지가 묻는 말에 무언가를 되묻기도 했다.

영호는 중국어를 공부한 적도 있었는데, 신애네가 처음으로 중국에 다녀온 뒤였다. 영호도 신애도 해외여행을 한 것은 그때가 처음이었다. 딸은 다섯 살, 아들은 두 살이었다. 나흘 동안 중국을 관광하고 돌아와서 영호는 중국어 기초부터 고급 과정까지 책과 카세트테이프로 독학을 했다. 결혼 전부터 가지고 있던 휴대용 카세트 플레이어에 중국어 테이프를 넣어서 들고 다녔고, 퇴근해 집으로 돌아와서는 딸 윤아를 안으며 '우리 윤아, 잘 지냈어?' 하고 중국어로 말했다.

그때 윤아는 무엇에든 호기심이 많고 활달한 아이여서 영호가 틀어놓은 중국어 테이프의 어휘들을 제법 잘 따라 했다.

영호와 신애가 아이들을 너무나도 사랑하던 시절이었다.

눈이 오니? 눈이 온다고요? 창문을 열어봐.

한자 스스로 자는 코를 본뜬 모양이란다.

윤아는 잠에서 깨어 눈을 떴다. 익숙한 음성들이 귓가에 남아 있어 꿈결 같았다. 아침인가 했는데 아직 밤이었다. 아빠와 동생이 나누는 이야기 소리와 불빛이 문틈으로 스며들었다.

윤아는 침대에서 일어나 앉아 주위를 둘러보았다.

낡은 악어 베개와 책장과 거울……

방 안은 잠들기 전 그대로였다.

채송화가 이렇게 예쁜 꽃이었나?

세상에서 제일 맛있는 빙수예요!

꽃이 아름답게 피어 있는 카페 정원에서 아이스크림이 잔뜩 올려진 멜론 빙수를 먹고 나서, 빨리 겨울이 오면 좋겠어, 눈이 내리면 좋겠어, 그런 이야기를 재잘거리며 돌아오던 여름날, 햇볕이 내리쬐는 노점에서 신애가 사준 초록색 악어 베개는 오랫동안 엄마 신애 대신 윤아와 함께 잠들어주었다.

침대 맞은편 책장에는 윤아가 어릴 때 사 모은 일본 만화 피규어들이 나란히 세워져 있다.

어느 아침에 윤아가 잠에서 깼을 때 벽에 붙어 있던 책장이 앞으로 밀려 나와 있었고, 뒤쪽에서 신애의 목소리가 들렸다. 윤아가 침대에서 일어나 살금살금 다가가자 신애가 고개를 내밀었다.

71센티, 83센티, 윤아 1미터 넘은 날……

신애는 빛바랜 벽지 위, 키 재기 막대에 표시된 눈금을 윤아에게 읽어주었다.

책장 뒤 눈금은 십삼 년 전 '135센티, 윤아 열 살'에서 더 자라지 않았다.

윤아가 열 살이 되었을 때, 신애는 윤아랑 같이 동화책에서 본 것과 비슷한 모양의 타원형 거울을 벽에 걸어주었다.

세상에서 제일 예쁜 우리 아이.

거울 속 어린아이 윤아는 열세 살, 열일곱 살, 스물세 살 윤아가 되었다.

그날은 하루 종일 눈이 내렸다.

아빠 영호가 공장에서 철야 근무를 한 후 이른 아침에 눈을 맞으며 돌아와 깊이 잠든 동안 엄마 신애는 윤아와 아들 곁에 있었다.

흰 개는 어떻게 되었을까?

그네는 아직 거기 있을까요?

수탉은……

자주 가던 숲 초입 전원주택 마당 쇠창살 개집 안에서 낑낑대며 울던 하얀 개, 그네가 있는 숲속 놀이터, 개집을 지날 때쯤 윤아가 신애의 손을 놓고 멀리 버드나무 쪽으로 새처럼 달려가던 모습, 수탉의 꽁무니를 쫓던 귀여운 아들을 떠올리며 셋이서 한나절을 놀고 있을 때 아빠가 잠에서 깨어났다.

아빠는 다시 공장에 가고 동생은 일찍 잠든 그날 밤.

신애는 윤아의 머리맡에 앉아서 이야기를 들려주었다.

몹시 추운 날이었다.

아빠가 두꺼운 목도리를 목에 감고 윤아와 동생에게 손을 흔들며 밖으로 나갈 때 문밖에서 휘익 하고 찬바람이 들어왔다.

우리 윤아는 엄마 머리카락을 만져야 잠드는 애였는데. 잠들 때까지 내가 노래를 불러주고 동화책을 읽어줬어. 레이먼드 브릭스의 그림책 『눈사람』을 읽어줄 땐 언제나 울던 우리 윤아. 아침이 되자 눈사람이 녹아서 사라져버렸으니까. 이 동네에선 네가 제일 예뻐. 머리카락을 만져볼래?

윈어, 메이 선머 스바? 윤아 잘 지냈니? 기억나? 아빠가 매일 퇴근해 돌아와서 하던 말.

윤아, 자니?

윤아야……

방 안의 모든 건 그대로였고, 아빠와 동생의 목소리만 꿈결처럼 들려왔다.

"그러니까 스스로 자의 본래 의미는 코였다."

"그렇군요."

"태아의 얼굴 형태는 코부터 만들어진다는구나."

"그래서 코를 의미하는 글자가 자신을 뜻하는 한자, 스스로 자가 된 건가요?"

"중국인들은 자신을 말할 때 코를 가리킨단다."

아빠와 동생의 이야기에 귀를 기울이며 윤아는 오래전에 갔던 북경과 그때의 엄마 신애를 생각한다.

중국어로 코는…… 비……즈.

윤아가 아직도 기억하고 있는 말.

신애와 윤아에게 그때만큼 자랑스러운 남편이고 아빠였던 적이 있을까, 영호는.

아들은 아기였으니 기억하지 못할 테고.

영호와 아내와 윤아와 아들이 처음으로 중국에 갔을 때 아내 신애는 윤아의 손을 잡고, 영호는 아들을 아기 캐리어에 앉혀 등에 업고서 연변 출신 가이드가 치켜든 작은 깃발을 따라 대륙을 걷고 또 걸었다. 걷다가 지친 윤아가 발이 아프다고 보채면 영호가 안고 걸었고, 신애는 영호에게서 캐리어를 받아 앞으로 돌려 메고 아기의 얼굴을 마주 보며 걸었다.

영호는 아들과 윤아에게 종종 묻는다.

"만리장성을 기억하니?"

열두 시간 맞교대 육가공 회사에서 보내준 중국 관광이었다. 한문을 좋아하던 영호는 소시지 원료육을 분쇄하는 기계 앞에서 주야 교대 하루 열두 시간씩 일했다. 중국이 세계의 공장으로 통하던 시절, 영호가 일하던 육가공 회사도 중국에 공장을 세웠고, 매년 우수 사원을 뽑아 중국 관광을 보냈다.

동반하는 가족까지 모든 경비는 회사에서 제공했으며, 원한다면 가족을 데리고 현지 공장의 관리자로 갈 수도 있었다.

신애가 윤아를 낳은 낮에도 아들이 태어난 밤에도 주야 교대 근무를 멈추지 않았던 영호는 마침내 우수 사원이 되었다.

"드디어 사회주의를 보겠네."

영호가 우수 사원이 되어 중국 관광을 하게 되었다고 했을 때 신애는 그렇게 말했다.

"원한다면 몇 년은 볼 수 있어."

현지 공장의 관리자로 간다면 신애에게도 좋은 경험이 될 거라고 영호는 생각했지만, 신애는 커가는 아이들에게 다른 세상을 보여줄 수 있을 거라고, 다른 세상을 보게 되면 다른 미래를 상상할 수 있을지도 모른다고 했다.

정말 그래볼까? 사택도 있어. 물가가 싸니까 돈을 모을 수도 있겠다. 오 년만 살아볼까? 아니, 삼 년만……

잠시 그런 꿈같은 이야기를 주고받고서는 그것으로 그만이었다. 낫지 않을 병을 앓고 있는 영호의 어머니와 은퇴해 홀로 지내는 신애의 아버지를 두고 그들은 중국에 갈 수 없었다. 무엇보다 한국을 떠날 수는 없었다. 스무 살 무렵 둘이 대학에서 만난 그때부터 한국은, 자신들의 전 생애에 걸쳐 이루어야 할 무엇이라고 영호와 신애는 생각했다.

그래도 영호는 종종 딸 윤아에게 진짜 대한항공 비행기를 태워줄 수 있는 아버지, 아내 신애에게 특별한 기내식을 맛볼 수 있게 해준 남편이었던 그때를 떠올린다. 복도에 붉은 카펫이 깔린 중국 4성급 호텔의 구름 같은 침구에서 뒹굴며 놀던 윤아와 아기, 두 아이를 행복하게 바라보는 아내의 얼굴, 뭘 먹을지 몰라 윤아는 핫케이크만 여러 조각 들고 왔지만, 깨끗하고 푸짐한 호텔 조식 뷔페에서 아침을 먹게 해준 적이 있었던 자신을.

'그렇게 살 수만 있었다면……'

그런 생각을 하면 영호는 가슴이 아팠다.

중국에 도착한 다음 날 아침에 육가공 공장 우수 사원 가족들이 가이드의 깃발을 따라 베이징 시내를 걸을 때, 아기를 안고 뒤따라오던 신애가 영호의 팔을 붙잡아 세웠다.

"저게 사회주의야!"

골목과 길모퉁이에서 자전거들이 쏟아져 나오고 있었다.

신애는 페달을 굴리며 새 떼처럼 앞으로 달려오는 사람들을 넋을 놓고 바라보았다.

모자를 쓰고 가방을 옆으로 둘러멘 청년, 흰 셔츠에 자주색 리본과 넥타이를 맨 학생들, 검은 선글라스를 쓴 남자, 원피스를 입은 젊은 여자와 초록색 멜빵바지를 입은 소년들과 중국식 옷을 입은 노인들……

그들이 탄 자전거가 차들이 지나다니는 도로를 가르며 신애와 영호와 일행의 곁을 스쳐 지나갔다.

"자전거? 특별한 광경이기는 하지만 저걸 보고 사회주의라고 할 것까지야."

"아니, 자전거가 달리는 저 길……"

신애는 자동차들 사이를 거침없이 내달리는 사람들과 베이징의 도로에서 눈을 떼지 못했다.

"길 위의 어떤 것도 사람들의 앞을 가로막지 않아."

신애의 생각대로 중국의 사회주의 정책이기도 할 것이고, 대륙의 지형과 인구와 도로 사정 때문이기도 하겠지만, 처음 간 해외여행에서 신애와 함께 바라본 북경의 아침은 자전거를 타고 달리는 사람들로 눈부셨다.

그때의 젊은 아내 신애의 반짝이는 눈빛도.

또 어느 관광지였을까.

절벽 위로 가는 길은 용이 날아오르는 모양이었다. 용의 등을 밟고 머리까지 오르자 활짝 벌린 아가리가 산 위 동굴 입구를 향해 있었다. 윤아는 기억하지 못했고, 그래서 영호도 그런 곳이 있었는지 갈수록 가물가물했지만, 더위와 습기에 지친 몸을 식히며 서늘한 동굴을 지나 반대편 절벽 아래로 내려갔을 때의 신애를 영호는 기억한다.

"거지야. 어린아이야……"

드넓은 공터에 서 있는 관광버스들 앞에서 맨발의 중국 소년들이 손을 내밀며 구걸을 하고 있었다. 가이드는 모른 척하라고 했고, 관광객들은 무덥고 끈적이는 공기와 구걸하는 손을 피해 서둘러 버스에 탔다.

"신애야, 가자."

영호도 아들을 등에 업고 일행을 따라갔다.

신애는 머뭇거리며 소년의 앞에 서 있었다.

영호가 아들을 안고 올라탄 버스 차창 밖으로 어쩐지 비스듬히 기울어져 보이는 신애, 신애 옆에 바싹 붙어 있는 윤아, 거지 소년의 뒷모습이 보였다.

그리고 멀리, 절벽을 휘감은 황금빛 용의 길.

신애가 지갑을 열어 중국 지폐 한 장을 꺼내자 윤아는 제가 주고 싶다고 보채며 신애의 팔에 매달렸고, 지폐를 받아 든 윤아가 소년에게로 한 발 다가서서 손을 내밀려는 순간, 소년이 손가락으로 제 코를 가리켰다.

"비즈! 비즈……"

"비……즈? 엄마, 코!"

윤아가 소년의 말을 따라 하며 신애를 올려다보았다. 신애의 코에서 피가 흘러내렸다. 소년은 윤아가 쥐고 있던 지폐를 빼앗듯 낚아채고는 또 다른 관광버스 쪽으로 달려갔다. 윤아가 고개를 돌려 영호를 바라보았다.

영호가 버스에서 내려 윤아를 안아 들자, 신애는 손수건으로 코를 막으며 땅바닥에 털썩 주저앉았다.

"신애야, 괜찮니?"

"어떻게 거지가 있지? 저렇게 어린아이가…… 여기…… 사회주의잖아."

절벽을 내려온 관광객들 앞으로 더 많은 거지 소년이 모여들고 있었다.

신애가 보았던 것처럼 사회주의 나라에도 구걸하는 소년들이 있고 가짜 옥 반지를 파는 상점도 있었지만, 영호는 대수롭지 않은 일로 여겼다.

사회주의든 무엇이든 그대로 멈춰 있는 것은 없을 테니까.

다음 날은 전날보다 훨씬 습하고 무더웠다.

만리장성을 오를 때 신애의 얼굴은 몹시 창백해 보였고, 밤에는 악몽을 꾼 듯 식은땀을 흘리며 버둥거려 영호가 흔들어 깨워야만 했다. 처음 온 해외여행이, 아이들을 안고 끝없이 걸어야 했던 여정이 잠시 신애를 지치게 한 것일지도 몰랐다. 다시 우수 사원이 되어 중국에 온다면 그때는 아기가 걸을 수 있을 만큼 자라고, 딸은 더 잘 걸을 테고, 거지 소년들도 자라 자전거를 타고 북경의 길 위에서 달리고 있을지도 모른다고, 그러면 즐거웠던 여행을 두고두고 추억할 수 있을 거라고 영호는 생각했다.

"만리장성 기억나니? 중국 말로 완리장청."

영호는 종종 중국에 갔던 이야기를 하며 기억이 나느냐고 물었지만, 아들은 아무것도 기억나지 않았다. 그러나 2001년 북경의 거리에 대해서는 아빠보다 엄마보다 누나 윤아보다 더 잘 알고 있다고 생각했다.

'자전거'를 키워드로 한 정보들 속에서 그 영화를 찾아냈을 때 아들은 열일곱 살이었다.

신애와 영호와 윤아와 아들이 대한항공 비행기를 타고 베이징으로 갔던 그해 2001년에 중국에서 제작된 영화.

주인공의 이름은 구웨이.

돈 벌러 북경으로 간 열일곱 살 시골뜨기 소년 구웨이였다.

저게 사회주의야.

엄마 신애가 그렇게 말하며 오래도록 서 있었다는 베이징의 길 위에서 특송 택배회사 로고가 새겨진 사원복을 입고 가방을 옆으로 둘러메고 모자를 벗어 얼굴에 흐르는 땀을 닦으며 구웨이도 자전거를 타고 달렸다. 영호가 생각날 때마다 아들에게 들려주었던 것처럼 영화 속 중국인들은 자전거를 타고 아무렇지도 않게 차도로 뛰어들었다. 도로를 역주행하거나 차들의 앞을 가로지르기도 했지만, 어떤 방해도 위협도 받지 않았다.

사람들은 왜 가난해요?

오래전에 윤아가 신애에게 그런 질문을 했을 때, 신애는 두 아이에게 이야기를 들려주었다.

원시공동체와 불과 도구에 대해서.

생산량과 사적 소유에 대해서.

약탈과 침략과 전쟁과 계급, 모순과 혁명, 아직 도래하지 않은 것에 대해서.

초등학생이었던 윤아가 민주주의와 사회주의를 대립하는 개념으로 이해할 때마다 신애는 노트에 그림을 그리면서 처음부터 다시 설명했다. 아직 초등학교에도 들어가기 전이었던 아들은 신애가 설명하는 그대로 민주주의와 자본주의를 혼동하지 않고 말할 수 있었다. 그러면 신애는 감탄한 듯 그 꼬마의 크고 동그란 눈을 쓰다듬었는데, 그건 아는 게 아니라 기억해서 외운 거였지.

신애는 북경의 길 위에서 사회주의를 보았다고 했지만, 영화를 본 열일곱 살 아들은 어린 시절에 엄마가 말해준 대로 외웠던, 외웠으나 이해하지 못했던 '소유'에 대해 생각했다.

자전거를 소유하기 위해 자전거를 타고 달리던 북경 소년 구웨이와 자전거를 소유하기 위해 구웨이의 자전거를 훔친 또 다른 열일곱 살 소년.

아들은 영화를 보고 또 보며, 북경의 거리와 그 길을 걷는 영호와 신애와 윤아와 영호의 등에 업힌 아기를 상상했다.

그리고 그들이 함께 간 마지막 소풍날.

아빠 영호와 엄마 신애의 손을 잡고 따라나선 봄날 일요일 아침의 외출을 두 아이는 소풍이라고 생각했다.

시외버스에서 내려 좁은 들길을 따라 걸어갈 때 일곱 살 아들은 가시철조망에 둘러싸인 들판에서 노란 꽃들을 보았고, 진짜 헬리콥터가 날아오르는 것을 보았다.

어디선가 꽹과리와 장구 소리가 들려올 때쯤 마을로 들어가는 사람들의 대열은 끝없이 길어졌다.

봄볕이 환하게 스며드는 낮은 담장과 누군가 담벼락에 그려 넣은 그림과 어쩐지 슬픈 느낌의 시와 '올해도 농사짓자' 현수막과 깃발들.

마을을 수호하는 장승과 솟대.

커다란 느티나무 뒤 초등학교는 삼촌들과 이모들, 엄마 아빠의 손을 잡고 소풍 온 듯 따라온 아이들로 가득했다. 아이들은 물웅덩이가 파인 운동장에서 뛰어다니며 놀았고, 부침개를 부치는 고소한 냄새가 학교 안에 퍼졌다. 어른들은 컵라면에 뜨거운 물을 받아 들고 학교 뒤쪽 산비탈이나 꽃이 핀 진달래 나무 옆에 모여 앉았다.

어디선가 웅성대는 소리가 들렸다. 모여 앉은 사람들이 벌떡 일어나 컵라면을 내려놓고, 부침개를 만들던 불을 끄고, 천막 안에서, 교실에서, 느티나무 아래에서, 산비탈에서 마을로 흩어졌다.

"학교를 지켜야 해요……"

이모들이 물에 젖은 운동장에 주저앉았다.

영호와 삼촌들은 대나무 봉을 들고 나갔다.

윤아와 아들은 신애의 손을 잡고 마을 골목길을 따라 걸었다.

담장 너머로 장독대와 농기구가 보이는 집, 벽화가 그려진 담벼락, 보랏빛 작은 꽃들이 피어 있는 마당, 새싹이 올라오는 텃밭, 빈집에 묶여 있는 개, 녹슨 대문, 텅 빈 골목……

"빨리 마을 밖으로 나가요!"

손수건을 묶어 얼굴을 가린 삼촌이 골목 안을 이리저리 뛰어다니며 소리쳤다.

아빠는…… 삼촌들은 어디로 간 걸까.

윤아와 아들, 운동장에서 놀던 아이들이 엄마의 손을 꼭 잡고 논둑으로 올랐다.

올해는 농사짓자.

깃발이 꽂힌 드넓은 논은 마른 땅을 갈아엎고 물을 댄 곳도 있었지만, 대개는 잡초로 뒤덮여 있었고, 학교와 마을에서 쫓겨나온 여자들과 아이들만 논둑을 따라 빙글빙글 돌았다.

골목에서 보았던 삼촌이 들 가운데로 뛰어들었다.

"모두 나가야 해요! 산으로 올라가요!"

두 팔을 높이 들어 흔들며 힘껏 고함을 치는 삼촌의 눈두덩이와 이마에서 피가 흘렀다.

머리카락이 피와 땀과 흙으로 엉겨 붙어 있었다.

"엄마, 피……"

윤아가 신애의 허리를 움켜잡았다.

"아빠는……"

아들은 봄날의 보드라운 땅과 풀들을 휘저으며 재미 삼아 끌고 다니던 대나무 봉을 놓치고 주위를 두리번거렸다. 검은 철모를 쓴 군인들이 몰려오고 있었다. 어떤 길로도 갈 수 없었다. 마을에서도 들에서도 쫓겨난 사람들은 산으로 올라갔다.

신애는 산 위에 쪼그려 앉아 손바닥으로 윤아와 아들의 눈을 가렸다.

엄마의 손 뒤에는 뭐가 있을까.

대학생이 된 아들은 그때 엄마의 손에 가려진 그곳에 무엇이 있었는지 알고 있다.

황새가 날아든 들판과 노란 진액이 흐르는 꽃들, 논둑과 봄볕과 학교, 백 년도 넘게 마을을 지킨 느티나무는 이미 마을 사람들의 것이 아니었다. 그들이 달릴 수 있는 길은 어디에도 없었다. 삼촌들과 마을 사람들 모두가 피 흘리며 지켜도 지킬 수 없었던, 한 번도 이겨본 적이 없었던 그곳은 미군 헬리콥터와 검은 가시철조망의 소유였다.

삼촌들은 무엇을 위해 싸웠던 걸까.

엄마는 무얼 꿈꾸었던 걸까.

여기 그런 게 있기는 한 건가.

그런 게 있다면 그것은 우리의 꿈이기도 할까.

"눈이 오나?"

아들은 창문을 열어볼까 하다가 책상 앞에 앉아 노트북 전원을 켰다.

자전거를 소유하기 위해 달리던 북경 소년 구웨이와 자전거를 갖고 싶었던 또 다른 소년의 이야기는 중국에서 상영되지 못했다.*

엄마 신애가 들려주었던 이야기를 아들은 기억하고 있고,

민주주의와 자본주의를 혼동하지 않을 수도 있지만, 아직 도래하지 않은 것이 무엇인지는 이해할 수 없을 것 같았다.

창가에 어둠이 깊어지고 영호와 아들의 이야기 소리도 더는 들리지 않는다.

날이 밝으면 모스크바보다도 더한 추위가 올 거라고 했던가.

신애는 오비디우스의 서사시 '케팔루스와 프로크리스' 편, 중국제 연필이 꽂혀 있는 면을 펼친다.

'내게는 행복했던 시절을 회상하는 것이 얼마나 즐거운 일인지 모르겠소. 그때, 그러니까 신혼 몇 해 동안 나는 아내와 행복했고, 아내도 남편과 행복했소.'**

사냥꾼 케팔루스가 덤불 속에 숨어 있던 아내 프로크리스를 산짐승으로 알고 어떤 과녁도 비껴가지 않는 날카로운 창을 던져 심장에 명중시킨 장면이었다.

그날 밤 영호는 열두 시간 철야 근무 중이었다.

저녁을 먹고 영호가 출근 준비를 하고 있을 때, 신애는 책상

---

* 2001년 왕 샤오슈아이 감독이 만든 영화「북경자전거」는 제작 십여 년 만인 2013년에야 베이징 바이라오후이 영화관에서 특별 허가를 받아 이틀간 방영되었다.
** 『변신 이야기』(오비디우스 지음, 도서출판 숲) 7권 '케팔루스와 프로크리스' 편에서 인용.

과 책상 사이 의자에 비스듬히 앉아 영호의 등을 바라보고 있었다. 영호는 작업복 위에 두툼한 패딩 점퍼를 입었다.

"바람이 많이 부네. 목도리를 꺼내줄까?"

신애가 창 쪽으로 고개를 돌리며 말했다.

"눈이 오나?"

영호도 창문을 돌아보며 중얼거렸다.

"이제 중국엔 안 가도 될 것 같아, 영호야."

신애의 말뜻을 알아챈 영호가 소리 없이 웃었다.

"눈이 오는지 보려면 창문을 열어야지."

그렇게 말하고 영호는 윤아와 아들을 안아준 뒤 공장으로 갔다. 신애는 영호가 육가공 회사의 원료육 분쇄 기계가 되어가고 있는 것일지도 모른다고 생각했다.

그날 이후 멈춘 책장을 넘기려 할 때 살며시 방문이 열렸다.

딸 윤아가 문틈으로 빼꼼 얼굴을 밀어 넣는다.

신애가 고개를 들고 눈을 마주치며 웃자, 윤아는 두 발을 안으로 들여놓고 창가 침대로 올라간다. 윤아의 가느다란 두 다리가 엇갈리게 꼬여 신애 쪽을 향한다.

마실래?

신애가 캔 맥주를 만지작거리며 딸을 바라본다.

녹아 사라진 눈사람 이야기를 읽으며 울던 아이 윤아도 스물세 살이 되었으니까.

윤아는 신애가 앉아 있는 책상 맞은편으로 다가와 오비디우스의 책을 집어 든다.

"엄마가 이런 걸 진짜 읽었나?"

책의 첫 면에 쓰인 신애의 글씨와 책갈피 속 중국제 연필.

너도 읽어볼래?

"나는 이런 거 안 좋아하는데……"

윤아는 책을 들고 침대 위로 돌아간다.

그건 신화야.

"신화 같은 건……"

참, 오늘 밤 눈이 온대. 그런데 신화를 왜 싫어해?

윤아는 연필이 꽂혀 있는 페이지를 넘긴다.

"이것이 나와 내 사랑하는 아내를 함께 파멸시켰소…… 차라리 내가 이런 선물을 받지 말았더라면……"

윤아가 중얼거리듯 책 속의 구절을 읽는다.

다음은 남편 케팔루스의 말이었구나.

"변태 같아, 신화는……"

윤아의 말뜻을 알 것 같아서 신애는 고개를 끄덕인다. 사전적 의미로는 변신이나 변태나 다를 것이 없으나 스물세 살 딸에게 신화 속 이야기는 아직 이해할 수 없는 부조리한 세계일 것이다. 초등학생이었던 윤아가 정치적 의미인 민주주의와 경제체제로서의 자본주의를 끝내 하나의 세상으로 바라보았듯.

"책은 예쁘네……"

윤아의 눈길을 잡는 것은 진한 장밋빛 립스틱 색깔의 고급

스러운 양장 표지와 'METAMORPHOSES by OVIDIUS'라고 인쇄된 금박 알파벳 글자 같은 것일지도 모른다.

눈이 온다는데……

말을 잃어버려 무료해지면 윤아가 방을 나가버릴 것 같아서 신애는 무슨 말이라도 생각해내려 노력한다. 그러자 눈이 오는 걸 알면서도 눈이 오냐고 묻는 남편의 어법에 대해서 알 것만 같았다. 질문은 다음 말로 이어지니까.

우리, 밖으로 나가볼까?

바람이 더 거세어지는 듯 창문이 자주 흔들렸지만, 윤아가 그러겠다고 하면 집 앞 골목에 서서 함께 눈 오는 밤을 보아도 괜찮겠다고 신애는 생각했다.

"눈이 온다고 했나? 난 눈 안 좋아해."

윤아가 창문을 돌아보며 중얼거린다.

잠깐만 보고 오자, 낭만적으로다가.

"어차피 다 사라질 건데……"

레이먼드 브릭스의 눈사람을 말하는 거구나.

"할머니도 외할아버지도…… 그리고……"

할아버지와 할머니도 세상을 떠났구나……

"하지만 장면으로 기억하는 건 안 좋은 거야."

무슨 말이야?

"삶은 연속적인 거라지. 어떤 일을 정지된 장면으로 기억하면 거기에 붙잡히게 된다고 했어. 병이 든다고 했던가? 그 할

아버지 주치의가. 할아버지 의사도 이젠 정년퇴직을 한다네. 내가 초상화를 그려서 선물했지. 멋지구나. 고맙다. 하지만 이 그림 속 장면의 나에게 붙잡히지는 않으마. 할아버지 의사가 그랬어. 다음 주치의는 예쁘고 젊은 여의사라는데……"

그해 황새울 사람들은 마을과 들과 길을 빼앗겼다. 학교는 무너졌다.

새해가 되고 며칠이 지난 밤, 영호는 공장에 가고 신애는 두 아이 곁에서 이야기를 하고 또 했다. 열두 시간 긴 교대근무는 영호에게도 신애에게도 피해 갈 수 없는 운명 같았다.

영호는 다시 육가공 공장의 우수 사원이 되고 싶었던 걸까.

그래서 신애와 윤아와 아들에게 그들이 보지 못한 다른 세상을 보여주고 싶었던 걸까.

"눈사람이 녹아서 사라져버렸으니까…… 하지만 또 눈이 올 거야. 그땐 이렇게 말해주자. 아빠가 매일 하던 말…… 메이 선머 스바? 잘 지냈니?"

아이들이 이야기를 품고 잠든 뒤, 신애는 방문이 보이는 위치의 의자에 앉아 이천여 년 전 로마의 시인이 쓴 긴긴 서사시를 읽다가 침대에 누워 다시는 일어나지 못했다. 창끝이 심장에 꽂힌 듯한 통증을 느꼈을 때도, 한밤중에 윤아가 방문을 열고 들어왔다가 뒤돌아 나가는 모습을 보고 있을 때도, 심장이 멈춰 신애의 영혼이 몸을 떠난 새벽까지도 영호는 공장에서 돌아오지 못했다.

그래도 삶은 연속적인 거니까. 언제까지나 멈춰 있는 건 없으니까. 할머니와 외할아버지와 신애가, 그리고 언젠가 영호가, 삼촌들과 이모들이 모두 떠난 뒤에도, 들을 빼앗기고 신화가 무너져도, 우리가 바라던 세상이 너희들의 것이 아니더라도 여기 남아 있을 아이들.

"……창문을 열어볼까?"

윤아가 책을 내려놓고 침대에서 일어나 창가로 간다.

신애도 의자에서 일어나 윤아의 뒤에 가만히 섰다.

계절이 바뀌고 시간이 흐르던 창.

영호와 신애가 결혼해서 살던 집.

윤아와 아들이 생겨난 집.

맨 처음 코가, 얼굴이, 심장이……

정말 눈이 내리고 있었다.

주황색 가로등 불빛 아래 밤하늘의 은하수처럼 눈이 쏟아져 내리고 눈보라가 쳤다.

문밖에서 창문 열리는 소리가 들린다.

"눈이 참 탐스럽게도 오네. 이제 촛불을 켜자."

영호의 목소리도 들린다.

"엄마가 정말 도래할까요?"

아들의 말에 신애는 슬며시 미소를 짓는다.

윤아가 눈보라 속으로 얼굴을 내밀며 속삭인다.

"마마, 쭈이찐 하오 마? 어떻게 지냈어?"

영호와 신애가 아이들을 너무나도 사랑했던 시절, 활달했던 윤아의 목소리였다.

신애도 그들에게 묻는다.

메이 선머 스바? 잘 지냈니?

모두…… 어떻게 지냈니.

서문 밖에서

우리는 서문 앞에 덩그러니 남겨졌다.

아이가 강의를 듣게 될 자연대 건물이 서쪽 끝에 있다고 해서, 서문 앞으로 가면 다 될 줄 알았다. 십팔 년간 끌고 다닌 자동차를 폐차한 후 아직 새 차를 장만하지 못한 탓에, 아이와 나는 시외버스를 타고 학교가 있는 지방의 터미널로 가서 택시로 갈아타고 서문 앞에 도착했다. 아이는 노트북과 책을 담은 무거운 배낭을 메고 있었고, 나는 당장에 아이가 쓸 수건과 양말과 속옷과 일회용 면도기 같은 것을 챙겨 넣은 커다란 종이 가방을 들고 있었다.

우리가 내린 곳은 시골의 정취가 느껴지는 도로변이었다. 일요일이라서인지 늘 그런 건지 주변은 조용하고 한적했다.

길 건너에 부동산 중개소와 샌드위치 가게와 중국집과 치킨집 같은 것이 있었고, 아담하고 예쁜 원룸 건물들도 보였다.

헐렁한 추리닝 위에 보슬보슬한 저지 점퍼를 걸치고 반대편 길가에 서 있던 긴 머리 여학생이 막 도착한 카카오택시에 올라탔다. 근처 원룸에서 지내는 학생 같았다. 여학생을 태운 택시는 오던 길을 유턴해 우리가 지나온 반대 방향으로 멀어졌다. 아파트 단지로 둘러싸인, 학교에서 그리 멀지 않은 번화가 쪽인 듯했다.

서문 밖 풍경은 기대 이상으로 마음에 들었고, 아무것도 문제 될 것이 없어 보였다.

나는 느긋해진 마음으로 이차선도로를 건너 돌아갈 버스 정류장을 확인한 후 서문 앞으로 갔다. 지방대학의 후문치고는 제법 크고 세련된 구조물, 진입로 양쪽 가을 물이 들어가는 가로수, 가로수 사이 작은 철문 밖 오솔길, 환한 햇볕을 받으며 모여 있는 원룸들, 주위에 보이는 모든 것이 흡족했다.

인터넷사이트를 통해 알아본 대로라면 계약 즉시 입주할 수 있는 방은 충분할 것이었다. 눈에 띄는 부동산 중개소도 두 곳이나 있었다. 창밖으로 계절을 따라 빛깔을 바꿀 서문길의 나무들과 밤하늘의 달과 아이가 수업을 받을 자연대가 보이는, 어쩌면 나지막한 숲을 향해 있을지도 모르는 상상 속 작은 방이 나에게는 언제든 찾아와 쉬어갈 수 있는 세컨드하우스라도 되는 양 조금은 들뜬 기분이었다.

내가 그런 단순하고 허황된 감정에 빠져 있는 사이, 아이는 길가에 서서 휴대폰을 들여다보고 있었다.

"에타에서 난리가 났어요."

아이가 몇 걸음 앞으로 걸어오며 말했다. '에타'가 대학생 커뮤니티 '에브리타임(everytime)'을 줄여서 부르는 말이라는 것을 나는 얼마 전에야 알았는데, 전에도 아이는 에타에서 난리 난 이야기를 들려주곤 했다. 학교 앞에서 동거하던 남녀 학생이 이별 후 방 문제로 서로 다투는 이야기라든가, 몇 년째 그해가 마지막 수업이라고 말하는 나이 든 화학 교수에게 A 학점을 받은 사람을 찾는다, 그는 언제 은퇴할 것인가, 하는 장난스러운 소란이라든가.

"무슨 일?"

"시끄러워 죽겠대요."

"누가?"

"동문 근처 원룸에 있는 애들이……"

동문은 번화가 쪽 정문을 말하는 것 같았다.

아이가 무슨 얘기를 하는 건지 알아듣지 못했지만 그리 대수로운 일은 아닌 듯해서, 나는 곧바로 부동산 중개소가 있는 상가건물로 앞장서 걸었다. 아이가 휴대폰을 보며 뒤따라왔다. 내가 아이의 등을 가볍게 쳤다. 시도 때도 없이 휴대폰을 보는 것에 관해서라면 어떤 잔소리나 신경질도 소용없다는 것을 알면서도 참을 수 없는 순간이 있었다.

함께 보고 싶은 아름다운 것들을 아이는 보지 않을 때나, 무언가 진지한 이야기를 해야 할 때.

"여기 어때?"

지나온 길을 되돌아보며 내가 묻자,

"어떻든 상관없어요."

아이가 대답했다.

상가건물 이층은 불이 꺼져 어두컴컴했고, 아래층 부동산 중개소는 문이 잠겨 있었다. 문고리에 걸려 있는 휴대폰 번호로 전화를 걸었으나 연결되지 않았다. 나는 잠시 아이의 눈치를 살피다가 커다란 느티나무 옆에 보이는 또 다른 부동산으로 발길을 돌렸다. 뒤따라오는 아이의 발소리에서 불안이 느껴졌다.

"설마 여기도 닫았으려고……"

두번째 부동산 중개소 앞에서 유리창 안을 기웃거리며 내가 그렇게 말하자마자 하얀 와이셔츠를 입은 젊은 남자가 문을 열고 무슨 일이냐고 물었다.

부동산을 찾은 사람에게 무슨 일이냐고 묻는 것이 이치에 맞는 말은 아닌 듯해서 나는 한 번 더 간판을 올려다보았다.

서문부동산이 맞았다.

"원룸을 보러 왔습니다!"

아이에게 어리숙하고 물정 모르는 어른으로 보이고 싶지는 않아서 평소보다 크고 명랑하게 말했지만, 실제로 나는 그런 일에 무지했다. 자동차를 새로 산 적도 없었고 새집으로 이사를 하기 위해 부동산 중개소 같은 곳에 가본 적도 없었다. 스물아홉 살에 결혼한 후 아이가 태어나 만 열여덟 살이 될 때까지 살던 집에서만 살았고 타던 차를 탔다. 그러니까 십팔 년 동안 변한 것도 변할 만한 일도 없었기 때문에 무언가 새로운 것을 찾는 일에는 서툴고 자신이 없었다.

"아이가 지낼 방이에요……"

내가 아이와 남자의 얼굴을 번갈아 보며 말하자,

"이 근처에는 빈방이 없습니다."

남자가 딱 잘라 말했다.

"방이 없다는 건가요?"

남자가 무슨 말을 하는 건지 이해가 되지 않았다.

"네, 한 개도 없을 겁니다."

"그럼 어떡하죠?"

"발품을 팔아야죠."

"어디로요?"

남자는 고개를 밖으로 내밀고 긴 머리 여학생이 택시를 타고 가던 번화가 방향으로 눈길을 주고는 문을 닫았다.

우리는 느티나무 앞에 막막하게 남겨졌다.

아무 문제도 없을 것같이 흡족했던 풍경들이 한순간 낯설고 적막하게 느껴졌고, 풍경 같은 건 어떻든 상관이 없다던 아이는 그럴 줄 알았다는 표정이었다.

"에타에서 난리가 났다고 했잖아요."

햇살 아래에서 아이와 얼굴을 마주했다.

팬데믹 이후 줄곧 방 안에서 랜선으로만 강의를 듣고 몇 안 되는 친구들과는 온라인 게임에서나 만나며 익명의 에타에서 세상을 보던 아이는 어떤 일에든 대체로 무감해 보였다. 어쩌면 스무 살쯤에 있을 법한 열정적인 연애조차 그런 방식이었을지 모른다. 이따금 여자 친구로 짐작되는 상대와 통화를 하는 소리가 들리고 아이 앞으로 소소한 물건이 들어 있는 선물 상자가 배달되었지만, 내가 아는 한 그들이 실제로 만난 적은 없을 것이다. 그래서인지 다른 이유가 있는 것인지, 긴 통화를 마치고 방에서 나오는 아이에게 여자 친구? 하고 알은척을 하면 아이는 언제나 아니라고 대답했다.

나는 몇 걸음 앞 느티나무 아래에 아이의 물건이 있는 종이 가방을 내려놓고 나무 벤치에 걸터앉았다. 벤치에 흩어져 있는 낙엽들을 손으로 쓸어내리며 옆에 앉으라는 눈짓을 했으나, 아이는 잠시 서성이다가 손에 쥐고 있던 휴대폰을 화면이 내 쪽을 향하게 내밀었다.

"이게 뭐야?"

"부동산 앱이에요."

"그런데?"

"25, 12, 8…… 그랬던 숫자들이 모두 0이 됐어요."

"그게 뭔데?"

"남아 있는 원룸 숫자예요."

"정말 남은 방이 없다는 거야?"

"아마도."

"그걸 왜 이제야……"

"아까 말했는데요, 엄마…… 에타에서 난리가 났다고요."

조금 전 대수롭지 않게 흘려들었던 에타 이야기를 아이가 평소보다 길게 말해준 것에 의하면, 2학기 중간고사 이후, 그러니까 주말이 지난 바로 다음 날부터 팬데믹 비대면 수업이 전면 대면 수업으로 전환될 것이기 때문에, 이미 근처 원룸에 있는 아이들, 주말에 새로 이사를 들어오는 아이들, 그 아이들과 함께 온 어른들이 쿵쾅대며 내는 크고 시끄러운 소리로 원룸이 몰려 있는 번화가 쪽 동문 주변이 난리가 났다는 것이고, 그날 당장 방을 구해 입주하려는 계획으로 수건과 양말 같은 것을 챙겨 우리가 시외버스와 택시를 타고 서문으로 오는 동안, 지도에 남아 있던 방들이 모두 사라졌다는 것이었다.

"……어떡하지?"

대책 없는 내 말에 아이가 이마를 찌푸렸다.

서문부동산 젊은 남자의 말과 지도에 표시된 숫자가 틀린 것이 아니라면 우리는 버스 정류장으로 가서 왔던 길을 되돌아가야 했을 것이다.

그러나 아이는 고개를 숙이고 운동화 끝으로 땅을 툭툭 차며 다시 휴대폰을 열었다.

백 미터쯤 떨어진 곳에서 검은색 추리닝을 입은 남학생 세 명이 중국집을 지나 샌드위치 가게로 들어가는 모습이 보였다.

"우선 저기로 가자."

아이는 머뭇거렸지만, 이번에도 내가 앞장서 걸었다.

2인용 탁자와 4인용 테이블이 하나씩, 주방 겸 카운터와 탄산음료 디스펜서가 놓인 작고 단순한 구조의 샌드위치 가게 안에는 검은 추리닝 남학생들이 4인용 자리에 앉아 음료수를 마시고 있었고, 빨간 유니폼과 모자를 쓴 남녀 두 명이 각각 주방과 카운터에 있었다. 그들 모두가 서문 안 대학에 다니는 학생들 같았다. 이미 근처에 방을 구해 살며 아르바이트를 하거나 한가한 일요일 오후에 슬리퍼를 끌고 샌드위치를 먹으러 나온 학생들을 보니 부럽기도 하고 아이에게는 미안한 마음이 들었다.

우리는 입구 쪽 2인용 탁자에 자리를 잡고 앉았다.

"샌드위치?"

나는 배가 고팠고 아이도 당연히 그랬겠지만, 내 말에 아이가 고개를 저었다. 옆자리 남학생 한 명이 주방 쪽으로 가서 주문한 샌드위치를 받아 들고 친구들이 있는 자리로 돌아갔다. 아이도 평소에 샌드위치 같은 것을 좋아했다. 아이에게도 샌드위치를 먹이고 싶었고, 아이가 먹어주었으면 좋겠다고 생각했다. 그렇게 함께 무언가를 먹으며 이제부터 우리가 해야 할 일들을 궁리해본다면 무슨 방법이 있을지도 모른다고 생각했지만, 먹지? 내가 말하자, 아이는 괜찮다고 짧게 대답할 뿐 어디에도 누구에게도 눈길을 주지 않았다.

"콜라?"

"아무거나요."

카운터에서 음료를 주문한 뒤 종이컵 두 개를 받아 들고 디스펜서 앞에서 머뭇거리고 있을 때 남학생들의 나지막한 대화 소리가 들려왔다. 가볍고 무심해 보이는 표정과 목소리였으나 뜻밖에 진지한 이야기를 나누고 있는 것 같았다.

"시진핑 연설에 대해서 어떻게 생각해?" 남학생 한 명이 콜라를 마시고 나서 묻자, 다른 남학생이 샌드위치를 한 입 베어 먹으며 "신해혁명 110주년 기념 연설?" 하고 되물었고, 샌드위치를 들고 갔던 남학생은 "일국양제? 그게 문제지. 홍콩이랑 대만……"이라고 했다.

지난봄에 아이와 나누었던 이야기가 떠올랐다. 시장 보궐선거가 있던 다음 날 오후에 동네 중국집에서 자장면을 주문하고 기다리는 동안 아이가 에타에 올라온 글을 읽어주었는데, 소리가 잘 들리지 않아서 내가 크게 읽어보라고 했더니아이가 "엄마는 목소리가 너무 커요" 해서 기분이 상한 그날이었다.

그때 아이가 거의 중얼거리듯 읽어준 글들은 전에도 들어본 적이 있는 그저 그런 싱거운 개그 드립 같은 것이었다. 아이 쪽으로 몸을 기울이며 들리지 않는 소리를 들으려고 애쓰다가 "정치 얘기는 안 해? 전교생이 모인 커뮤니티면 파급력이 클 텐데⋯⋯" 하고 내가 화제를 바꿨다. 보수 쪽 시장 후보 당선에 영향을 주었다는 이십대 남자들의 투표 결과를 의식해서였다.

아이는 보고 있던 에타 화면을 스크롤하더니 내 앞에 내려놓았다.

익명: 곰이 물구나무서기를 하면?
└익명의 댓글: 문
└익명의 대댓글: 곰이 물구나무를 서든 말든 곰은 곰입니다. 그 물체 본연의 가치를 본인의 주관 하에 결정짓는 이기적인 생각은 좀 자제해주세요.
└익명(글쓴이): 미친놈인가.

마지막 댓글을 읽고 내가 소리 내어 웃자,
"봤죠?"
아이가 말했다.
"좋아하는 형이 있는데요, 명문대를 졸업한 취준생이에요."
그쯤에서 끝날 줄 알았던 허무 개그 같은 대화는 조금 다른, 그러나 결국은 같은 것일지도 모르는 이야기로 이어졌다. 팬데믹 이전 고등학생이었을 때 아이는 신림동이니 수원이니

마작 경기가 열리는 곳을 찾아다니곤 했는데, 그때도 명문대를 졸업했다는 취준생에 대해 말한 적이 있었다. 주로 대학생 형이나 삼촌뻘 되는 사람들이 모인 곳에서 고등학생인 자신이 대등한 경기를 한다는 것에 자부심을 느끼고 있는 것 같았고, 자신과 대등하게 경기를 해주는 그들을 누구보다 좋아하던 시절이었다.

"그 형이요, 자기는 멍게래요."

"멍게? 그 먹는 멍게? 왜?"

"멍게는 자기 뇌를 먹어치운대요."

중국집에서 자장면을 먹으며 그날 아이가 들려준 이야기에 따르면, 멍게의 유생은 다른 척추동물과 유사해서 올챙이처럼 바다를 유영하며 먹이를 찾아다니는데, 움직임을 위해 필요한 뇌, 척수, 근육, 신경, 지느러미, 후각계, 안점 등을 가지고 태어난 제법 고등한 멍게 유생이 좋은 환경의 바위나 산호를 찾으면 그 위에 붙어 정착하게 된다. 한곳에 뿌리를 내려 성장한 성체 멍게는 자신의 뇌를 소화해 스스로 제거한다는 것인데, 늘 같은 해수에서 흡수한 플랑크톤만을 먹고 살아가는 성체 멍게에게는 뇌가 필요 없기 때문이다.

"뇌가 존재하는 이유는 어디로든 움직이기 위해서라고 형이 그랬어요."

나는 잘 알지 못했고 생각해본 적이 없었던 멍게의 생태에 관해서, 그리고 자신은 뇌를 먹어버린 멍게라고 했다는 취준생에 대해서 아이가 띄엄띄엄 설명했다.

"그러기에는 아직 이르지 않나? 그 형……"

이야기를 다 듣고 나서 내가 말하자 아이는, "엄마도 아까 에타에서 봤죠? 우리도 멍게예요. 이미 바위에 붙어버렸어. 형은 천재야" 하고는 다음 말을 덧붙였다.

"참, 이것도 형이 말해준 건데…… 누구라더라? 어느 철학자가 멍게의 이런 습성을 '테뉴어를 받은 교수'에 비유했대요."

마작 모임의 명문대 취준생의 말인지, 갓 대학에 입학해 한 번도 학교에 나가지 못한 아이의 생각인지, 어쨌든 그날의 이야기는 '테뉴어를 받은 교수'에서 끝이 났다.

집으로 돌아와 찾아본 바에 의하면 '테뉴어'란 대학에서 교수의 종신 재직권을 보장해주는 제도인데, 본래는 외부의 간섭으로부터 자유로운 연구 활동, 특히 권력자와 대립하는 분야의 교수들을 보호하고 자율을 보장한다는 취지로 시작되었지만 다니얼 데닛이라는 철학자의 비유에 따른다면, 한곳에 정착한 성체 멍게가 생존에 더는 필요하지 않은 뇌를 제거하듯, 종신 재직이라는 제도가 그들의 활발한 움직임을 거세할 수도 있다는 말이었다.

음료 컵에 콜라와 환타를 받아 아이에게로 돌아갔으나 이제 부터 뭘 해야 할지 떠오르는 것이 없었다. 차가운 음료는 포만감으로 마음을 느긋하게 해주지 않았고 먹는 동안 생각할 시간을 벌어주지도 못했다.

막 구워진 샌드위치나 자장면이라면 몰라도.

남학생들을 따라 샌드위치 가게에 오지 않았다면, 차라리 그들이 지나쳐온 중국집으로 갔다면, 시장 선거가 있었던 그 때처럼 따뜻한 음식을 먹으며 우리가 할 수 있는 것에 대해서 더 많은 이야기를 나누었을지도 모른다고 나는 생각했다.

남학생들이 있는 테이블 쪽에서는 여전히 중국 본토라든가, 홍콩과 대만, 무력시위, 전쟁 같은 어휘들이 튀어나왔으나 그게 문제라던 일국양제에 대해 어떻게 생각하는지까지는 자세히 들리지 않았다.

문득, 아이에게도 그런 것들을 묻고 싶었다.

아이는, 그러니까 아이의 표현대로라면 아직 바위에 붙어버리기 전 바다를 헤엄쳐 다닐 때, 어른들도 겨우 손에 잡을까 말까 한 정치 경제에 관한 책들을 읽었다. 부모들이 자신의 아이에게서 찾아낸 특별한 재능은 대체로 별 근거 없는 것이기도 하고, 그래서 내가 느꼈던바 유난히 정치에 관심이 많은 아이였다는 것도 잘 모르고 하는 소리일 수 있겠지만, 그때 아이의 꿈이 '진보정당의 대통령 후보'였다는 것만은 확실했다. 단지 대통령이 되고 싶다는 아이들의 흔한 꿈이 아니라 구체적이고 분명하게 "마흔 살이 되면 진보정당의 대통령 후보가 될 거예요"라고 했는데, 대통령 후보의 나이 제한이 만 사십 세 이상이기 때문에 어쩔 수 없이 그때까지 기다려야 한다는 것이었다. 왜 대통령이 아니라 '후보'냐고 물었을 땐 같은 생각을 하는 사람들에게 먼저 선택받는 것이 무엇보다 좋은 일이라고 대답했다.

내가 아는 한 아이는 여덟 살 때부터 그런 꿈을 꾸다가 열네 살이 지나면서부터는 그보다 더 현실적인 생각을 했다. 형들이나 삼촌들과 마작 게임을 하던 시절에는 야간자율학습이 끝난 늦은 밤에 친구와 함께 학교 뒤쪽 잔디밭에 누워 밤하늘을 보았다고 했는데, 캄캄한 하늘을 보며 "하늘 좋다" 아이가 말하면 친구는 "그래, 좋다" 했고, "달이 예쁘다" 하면 친구도 "그래, 예쁘다" 한다고 어느 날 아이가 말해주었다.

"여기 참 좋은데…… 이 근처에 방이 있으면 좋을 텐데……"

내가 하나 마나 한 소리를 하며 가게 안을 둘러보자, 아이가 고개를 약간 숙인 채 손바닥을 아래로 내리는 시늉을 했다.

소리를 낮추라는 뜻이었다.

"지금 그게 문제가 아니잖아!"

그때의 내 목소리는 나도 놀랄 만큼 컸다.

"저라면 그렇게 큰 소리로 말하지는 않을 거예요."

아이가 소리를 삼키듯 말했다.

남학생들이 우리를 힐끔 쳐다보고는 테이블을 정리한 뒤 밖으로 나갔다.

"집에 가자. 집에서 다녀도 되잖아."

서문 쪽 자연대까지는 집에서 다닐 수 없을 만큼 아주 먼 거리는 아니었다.

"못해요."

애초에 아이는 대학에 가면 집을 떠나 어디서든 혼자 살아보고 싶다고 했고, 나도 그러는 것이 좋을 거라고, 그렇게 하도록 도와주겠다고 약속했던 일이었다.

"방법이 없잖아."

즉시 입주할 수 있는 방이 없을지도 모른다는 어떤 의심도 하지 않고 대면 수업이 시작되기 하루 전에야 아이의 물건을 챙겨 서문 쪽으로 가보자고 했을 때, 아이는 믿지 못하겠다는 듯, 정말 가요? 하고 물었고, 시외버스와 택시를 타고 서문 앞에 도착할 때까지 긴장인지 설렘인지 의심인지 알 수 없는 표정으로 내내 침묵하고 있었다.

아이가 원하는 것이 실제로 이루어진 것은 무엇이었을까.

그것은 언제였을까.

혹시 그런 것이 있었다면, 형이나 삼촌 같은 사람들, 아이의 느낌대로라면 그 천재들과 마작 경기를 하고 돌아오던 그때, 그것이었을지도 모른다.

"왜 그걸 해?"

마작 같은 것이 그들의 인생에 큰 도움이 된다고 생각하는 부모는 드물 것이고 나 또한 어쩔 수 없이 내버려둔 일이었지만 어느 날 그렇게 물었던 적이 있었다.

그때 아이는 "성장하고 있는 게 느껴져서요. 우리는 모든 게 대등했어요" 하고 대답했다.

창밖, 아이의 뒤쪽 서문 거리에서 역광이 밀려들었다. 아이는 말없이 콜라를 한 모금 마시더니 등에 배낭을 메고 일어섰다. 이번에는 내가 아이를 따라갔다.

그날 우리는 방을 구했다.

샌드위치 가게에서 나간 아이는 느티나무 아래로 성큼성큼 걸어가서 나무 벤치에 앉았다. 아이의 손가락이 휴대폰 위에서 빠르게 움직이기 시작했다. 오른손 엄지와 검지 두 손가락이 살아 있는 물고기의 지느러미 같았다.

아이에게 앉으라는 눈짓을 하며 손으로 낙엽을 쓸어내렸던 자리는 또 다른 낙엽으로 덮여 있었다.

시간이 늦은 오후로 달아나고 있었다.

하던 일을 서둘러 끝내야 할 만큼 늦은 시간은 아니었지만 불투명한 햇빛의 채도 때문인지 살갗에 닿는 서늘한 공기 때문인지 조바심이 나는 오후였다.

아이가 손가락을 멈추고 부동산 중개소의 전화번호가 있는 화면을 내밀었다. 나는 바스락거리는 붉은 잎들을 한쪽으로 밀어내고 아이 곁에 앉았다. 화면 속 부동산의 위치가 어디쯤인지 알 수 없었으나 서문 근처는 아닌 것 같았다.

발신음이 오래 울렸지만, 전화는 연결되지 않았다.

그날 우리는 그 일을 꽤 여러 번 오래 반복했다. 희망은 가능성이 사라졌다고 해서 쉽게 놓을 수 있는 것이 아니었다.

아이가 또 다른 부동산을 찾고 있을 때 내 휴대폰에서 신호음이 울렸다. 연결되지 않았던 번호에서 걸려온 전화였다. 나는 서문부동산의 젊은 남자에게 했던 말을 전화 속 남자에게 했고, 전화 속 남자는 서문부동산 남자와 똑같은 말을 했다. 다시 움직이기 시작한 아이의 손가락을 바라보며 통화를 끝내려 할 때, 혹시 그 방이 비어 있을까? 남자가 중얼거리더니 우리가 있는 곳이 어디인지 물었다.

"서문 밖입니다."

전화기 속 남자는 마침 멀지 않은 곳에 있으니 학교 안 자연대 앞에서 기다리고 있으면 그쪽으로 오겠다고 했다.

우리는 천천히 서문 안 가로수길을 걸었다.

"참 예쁘지?"

잎이 물들어가는 나무들과 작은 철문 밖 오솔길과 원룸 건물들의 빨간 지붕과 멀리 보이는 자연대 건물…… 아이의 눈길을 따라가며 내가 작은 소리로 말하자,

"그러게요…….."

아이가 대답했다.

원룸은 여학생이 택시를 타고 간 방향, 동문 쪽 번화가 끝에 있었다. 길이 끝난 곳은 들판이었다. 혹시 비어 있을까 했던 방은 아이의 방이 되었다. 자연대로 가려면 동문에서 셔틀버스를 타고 학교 안을 가로지르거나, 번화가 건너편 하천을

따라 다리를 건너 벌판을 한참 걸어야겠지만, 내가 아는 아이가 맞는다면 셔틀버스 대신 내내 그 길을 걸을 것이다.

삼층 아이 방 창밖은 나지막한 숲 대신 탁 트인 들판이어서 밤하늘이나 달을 보기에도 충분할 것이었다. 길을 익힐 겸 번화가로 나가서 한동안 먹을 것과 이불과 냄비와 세제 같은 것을 사가지고 돌아오며, 오늘은 함께 있어줄까? 내가 물었더니 아이는 괜찮다고 했다.

나는 십팔 년 동안 아이와 함께 살던 집으로 돌아왔고, 아이는 만 십팔 세가 되어 집을 떠났다.

첫날 밤엔 보일러가 작동하지 않아 근처 편의점에서 핫팩을 사다가 몸에 붙이고 잤다고 했고, 음식물 쓰레기가 나오지 않게 하려고 라면을 끓일 때 건더기 수프는 넣지 않는다든가, 저녁에 원룸 주변을 돌아보다가 마음에 드는 이자카야를 발견했는데 용돈을 아껴서 한번 가보고 싶다든가, 거기에 갈 땐 옷을 제대로 차려입고 가야 할 것 같다든가, 평소에 하지 않던 이야기를 하며 아이는 혼자만의 나날을 보내고 있었다.

서문 밖에서 돌아온 지 얼마쯤 지나 아이의 연락은 뜸해졌고, 나는 무료한 시간을 보내기 위해 한 온라인 수업에 참여했다. 팬데믹이 완전히 종식되지 않았기 때문에 모든 강의는 비대면이었다.

오랫동안 분쟁 국가를 취재해 기사를 쓰고 다큐멘터리를

제작해온 기자이며 두 아이의 엄마라고 자신을 소개한 강사는 일 년의 절반 이상 전쟁과 내란 지역을 떠돌았던 적이 있다고 했다.

"이 모든 혁명의 시작이 무엇인 줄 아십니까?"

'국제분쟁을 보는 시선'이라는 주제로 아랍 국가들과 북아프리카 지역의 반정부 민주화운동에 대해 강의를 하던 중 기자가 물었다.

"지금 방문을 걸어 잠그고 여러분을 속 터지게 하는 바로 그 아이들과 그들이 들고 있는 휴대폰입니다."

기자가 농담처럼 말했다. 예상치 못한 말에 당황하거나 웃는 사람들의 얼굴이 화상 수업 화면에 잡혔다.

이어진 이야기에 따르면, 2011년 아랍 국가의 민주화 시위, 그 후 중동 지역으로 번진 '아랍의 봄'이 어린 학생들과 청년들에 의해 촉발되었다는 것이다.

"이집트 어른들은 자신의 자녀들이 방구석에서 휴대폰이나 들여다보며 아무 생각 없이 지낸다고 생각했을 겁니다. 그 어린 학생들과 청년들이 SNS에 모여 낯모르는 또래들과 무바라크 독재정권에 저항하는 모의를 한 거예요. 오랜 계엄령 하에서 칼리드 사이드라는 청년이 경찰의 폭력으로 사망하는 일이 일어났을 때입니다. 그들은 '우리 모두 칼리드 사이드다'를 외치며 약속한 한날한시에 타흐리르 광장으로 나갔어요. 훗날 독재자 무바라크를 퇴진시키고 '카이로의 봄'을 맞이한 그 광장입니다. 그런데 놀랄 만큼 많은 수의 청년들이 그곳에 모인 거예요. 그들 자신도 상상하지 못한 일일 겁니다. 다행인지 불행인지 저는 그 현장에 있었습니다. 멀리서 무바라크 정부의 탱크가 이들을 진압하러 몰려오고 있었어요. 그들이 흩어질 줄 알았습니다. 그런데 아무도 움직이지 않았어요. '빨리 도망가!' 저는 마음속으로 간절히 소리쳤어요. 그때 그들 중 한 청년이 높은 곳으로 올라가더니 '무바라크 타도하자!' 이렇게 외치는 거예요. 저 청년들은 모두 죽겠구나…… 가슴이 터질 것 같은 순간이었어요. 그런 끔찍한 일을 목격해야 한다니…… 처음으로 제가 해온 일을 후회했습니다. 그런데요, 그들을 향해 다가오던 탱크가 후진을 하기 시작하는 거예요. 수많은 내전, 분쟁 국가들을 취재했지만, 어디에서도 그런 장면을 본 적이 없었어요. 시위대 앞에서 탱크가 물러서는 일은 없었습니다. 모두가 어린 학생들이거나 청년들이기 때문에 그랬을 거예요. 어떤 독재자도 몇천, 몇만의 아이들과 청년들을 죽일 수는 없을 겁니다. 자식을 죽이는 정권에 부모들은 가만히 있지 않습니다. 실제로 시리아에서 그런 일이 일어났어요. 2011년 시리아 남부 소도시 다라의 학교 담벼락에서 '독재자를 타도하자!'라는 낙서가 발견되었습니다. 낙서를 한 사람은 그 학교의 십대 아이들이었고요. 시리아의 알 아사드 정부는 어린아이들을 체포해 고문했습니다. 그중 가장 어린 아이는 고문 후유증으로 죽었다고 합니다. 분노한 부모들과 시민들이 거리로 뛰쳐나왔어요. 그 시위가 시리아 반정부 운동, 길고 긴 시리아 내전의 시작이었습니다."

기자는 한 손으로 아기를 품에 안고 다른 손에 카메라를 든 아랍 여인의 모습이 담긴 영화 포스터를 화면에 띄우고, 이집트, 시리아, 리비아, 예멘 등지에 '아랍의 봄'을 촉발한 튀니지 혁명을 끝으로 강의를 마쳤다.

2010년 튀니지 거리의 청과물 노점상 26세 무함마드 부아지지의 이야기였다.

대학을 졸업하고도 취업을 하지 못해 노점상을 하던 청년 부아지지는 경찰 단속반에게 자신의 전 재산인 청과물과 노점 설비를 모두 빼앗기자 정부 청사 앞에서 몸에 불을 붙였다.

강의를 듣고 있던 사람들의 얼굴이 화면에서 사라지더니 불길에 휩싸인 스물여섯 살 튀니지 청년 부아지지의 모습이 나타났다.

바로 그 장면이 당시 트위터나 페이스북을 통해 튀니지 도시 전역에 퍼져 청년들의 반정부 시위로 확산되었고, 튀니지의 꽃 재스민의 이름으로 전 아랍 세계에 번진 것이다.

강의가 끝나자 사람들은 그날의 수업에 대한 짧은 감상을 남기고 하나둘 퇴장했다.

나는 마지막 글이 올라올 때까지 화면을 바라보며, 자신은 뇌를 먹어버린 멍게라는, 그러나 아이가 천재라고 불렀던 취준생, 일국양제에 관해 이야기를 나누던 샌드위치 가게의 남학생들, 택시를 타고 번화가 쪽으로 사라졌던 여학생, 서문 밖 긴 다리와 벌판을 걷고 있을 내 아이와 그들의 커뮤니티에서 농담처럼 떠도는 이야기들을 떠올렸다.

그들이 누구인지 우리가 잘 모르는.

어쩌면 그들 자신도 아직은 잘 알지 못하는.

연
희
북
문

흔하고 별것 아닌 것 같은 일들이 뒤늦게 유별나고 이상한 날의 징후처럼 느껴질 때가 있다. 가령 그날의 일처럼.

＊길 찾기 안내 → 목적지까지 2시간 13분.
경기 광역버스로 1시간 20분. 국가인권위원회 앞 하차, 도보 3분 거리 간선도로 정류장에서 시내버스로 환승, 42분 소요, 연희북문 정류장에서 500미터, 도보로 8분 거리.
'한옥 식당 우리 집'.

약속 장소는 서울 연희북문 근처에 있는 한옥 식당이었다. 경기 광역버스 이후의 길 찾기 안내는 내게 무용할 것이었다.

국가인권위원회 앞에서 어느 쪽으로 움직여야 할지, 어느 방향 간선도로 정류장에서 환승을 해야 할지. 그보다 더 예측할수 없는 건 마지막 오백 미터, 도보 팔 분의 거리였다. 오백미터 안의 어떤 것도 상상할 수 없었다. 지도를 봐도 소용없다. 오천 미터를 헤매다닐 수도 있다. 그러고도 남을 만큼 길을 잘 찾지 못하는 사람이란 걸 나를 만난 적이 있는 사람들은 대부분 알고 있을 것이고, 그래서 그날과 같은 상황이 아니라면 그런 낯선 곳에서 누군가를 만날 리는 없었다. 애초에둘만의 약속은 아니었고, 그 자리에 누가 또 있을지 알지도못했다. 묻지도 알려주지도 않았다. 그의 한국 체류가 허용된기간은 한 달. 그마저 코로나19로 인한 해외 입국자 자가격리십사 일을 갇혀 지낸 후 남은 날들이 거의 다 지나고 있었기때문에, 그날이 아니라면 우리는 만날 수 없을지도 몰랐다.

꼭 만나야 했던 것은 아니지만 만나지 않아도 된다는 느낌을 주고 싶지는 않아서, 출국 전에 예정된 모임이 있거나 내가 함께 있어도 괜찮은 자리라면 그때 보아도 좋겠다고 메시지를 보냈다.

그러자 곧바로 답장이 왔다.

오늘이 바로 그날이에요. 괜찮아요?

그의 메시지를 받고 한 시간쯤 뒤에 괜찮다는 답장을 보냈지만, 실은 그 장소가 괜찮지는 않았다. 다른 핑계를 대며 그날은 괜찮지 않다고 할까 망설이다가, 이참에 누구라도 함께 만나는 편이 더 나을 것 같아서 내가 그쪽으로 가겠다고 했다.

나는 약속된 시간 세 시간 십오 분 전에 연희북문으로 출발했다.

그의 강제 출국 이틀 전이었다.

경기 광역버스로 한 시간 이십 분 이후의 길 찾기 안내를 포기하고 택시를 타기로 결정한 것에 약간의 자책조차 하지 않을 수는 없었지만, 어떻게든 찾아보겠다고 어이없이 헤매 다니다가 뒤늦게 택시를 타야 했던 날들을 떠올려본다면 애초에 어떤 시도도 하지 않았던 것은 그날의 선택 중에 가장 잘한 일인지도 모른다.

나는 국가인권위 정류장을 지나쳐 계속해서 경기 광역버스를 타고 갔다. 목적지까지 소요될 시간보다 한 시간이나 일찍 출발했고, 택시를 타면 더 먼저 도착할 것이기 때문에 어디서든 시간을 보내야 했다. 마침 광장 근처 익숙한 도로를 지나고 있었다. 버스가 간선도로 정류장에 정차했다. 경기 광역버스에서 내려 종로를 지나 피맛골 골목을 통과해 걷는 동안 바람이 부드럽게 불었고, 무심히 고개를 들면 양쪽 건물들 사이로 네모난 하늘이 보였다.

순백의 구름이 떠 있는 맑고 푸른.

그것만이 바이러스로 인한 자발적 감금의 우울에서 벗어나게 해주는 출구라 여기는 듯 그즈음의 사람들은 하늘에 대해 자주 이야기했다.

마스크를 쓴 여자의 작고 가느다란 목소리가 달짝지근한 냄새를 풍기며 내 곁을 스쳐 지나갔다.

또래로 보이는 남자가 여자의 손을 잡고 걸었다.

마스크 밖으로 보이는 눈들은 대개 순하고 아름다웠으며, 도시의 거리는 어떤 일도 일어나지 않을 것처럼 일상적이고 환하고 평온해 보였다.

나는 그들의 뒤에서 조금 떨어져 걷다가 광장 앞 계단을 내려가 서점으로 들어갔다. 'J15-5' 서가를 검색해 찾아가는 도중 안내 데스크에서 위치를 한 번 더 확인했으나 그러지 않아도 될 만큼 찾고 있는 서가는 출입구 가까운 곳에 있었다. 보통의 판형보다 작고 얇은 내 책은 두껍고 단단한 책들 사이에 짓눌려 있어 그 책을 쓴 나조차도 단번에 발견하기 어려웠다.

"이 책이 한 권뿐인가요?"

서가의 위치를 검색할 때 재고는 단 한 권뿐이라는 것을 확인했지만, 나는 계산대 위에 책을 올려놓으며 직원에게 물었다.

"네, 남은 책은 없습니다."

데스크톱 컴퓨터 화면에서 재고를 확인한 직원의 말투는 무례하게 느껴질 만큼 무심했다.

나는 서점 바깥 지상으로 올라가는 계단에 앉아서 그곳에 남아 있던 마지막 책의 첫 장에 그의 이름을 쓰고, 미리 준비해온 책에 그의 아내인 내 친구의 이름과 나의 이름을 썼다.

그는 한국에 오자마자 책을 구입하려 했으나 서점에 갈 수 없었고, 온라인 구매를 할 여건이 되지도 않았다고 했다. 그래서 주소를 알려주면 내가 보내주겠다고 했는데, 그는 우편물을 받을 만한 적당한 곳도 없지만, 그보다는 직접 만나서 받고 싶다며 워싱턴에 있는 그의 아내가 전해달라고 했다는 선물 이야기를 꺼냈다. 립스틱이라던데, 붉은색이랍니다, 하필. 그가 붉은색에 대해 '하필'이라고 했기 때문에 나는, 붉은 입술에 푸른 립스틱은 생각만 해도 흉측하지 않나요? 이즈음의 저녁 하늘이 푸르던가요? 라고 떠오르는 대로 메시지를 써서 전송했다. 그러자 그가 그 광장은 푸른색과 잘 어울리더라고 대답했다.

푸른 광장이 인쇄된 책 표지를 덮어 가방 안에 넣고 택시로 이동하는 거리를 계산해보니 아직 시간은 넉넉했다. 몇 계단 앞에 피맛골에서 스쳐 갔던 두 사람이 이어폰을 한쪽씩 나누어 끼고 마스크를 쓴 채 각자의 책을 읽고 있었다. 90년대의 끝에 태어나 스무 살이 막 지났거나 그보다 한두 살쯤 더 되어 보이는 앳된 모습이었다.

'저 등이 견딜 수 있는 무게는 어디까지일까.'

도로로 올라가 택시를 타기 전까지 나는 그들의 뒤쪽 계단에 앉아, 지난날 우리들의 연약한 등을 짓누르던 무게에 대해 생각하며 시간을 흘려보냈다.

그날 광장에는 비둘기가 보이지 않았다.

"……그러니까 된장을 왜?"

택시에 오를 때부터 기사는 휴대폰을 들고서 목적지를 물으며 동시에 누군가와 통화를 했고, '한옥 식당 우리 집'의 주소를 말해주자 귀에 이어폰을 꽂고 택시를 천천히 출발시키면서 내비게이션에 도착지를 입력했다. 그리고는 낯선 길을 지나면서, 신촌사거리 쪽으로 가는 언덕이라든가, 지명을 알 수는 없지만 언젠가 지나쳤을 것 같은 눈에 익은 고가 위를 달릴 때도, 계속해서 거기 없는 사람과 이야기를 나누었다. 삼십 분이 넘는 시간 동안 목적지나 승객인 나와 관련된 말은 한마디도 하지 않았다. 가령 이곳은 늘 길이 막힌다든가, 룸미러로 뒷좌석을 흘끔거리며 며칠 사이에 여름이 가버린 것처럼 서늘해졌지만 차 안은 아직 좀 덥지 않냐고 묻는다든가.

"그러니까 요즘 된장이 없는 집이 어디 있냐고!"

상대를 주눅 들게 하는 목소리였고.

"된장은 빼고 보내."

상대의 결정을 무시하는 말을 했고.

"맛있어봐야 된장이지……"

자신에게 이미 확증된 것을 양보하지 않겠다는 듯, 신촌사거리로 접어들 때까지 된장의 무용함에 대해 떠들어댔다. 먼 곳으로 보내려는 것에 대해 먼 곳에 있는 사람과 나누는 이야기 같았다.

신촌사거리라면 목적지에 가까워진 것이 분명했으므로 그제야 무슨 말인가의 끝에 전화를 끊고 이어폰을 뺐지만, 나는 달리는 택시 뒤로 밀려나는 건물을 돌아보느라 무용한 된장을 어떻게 하기로 했는지 듣지 못했다.

친구가 지내는 오피스텔 위치를 기억하기 위해 좌표로 삼았던 붉은 현수막이 차창 밖 건물에서 가볍게 흔들리고 있었고, 해가 기울기 전의 불투명한 빛이 길가 풀숲의 색을 바꾸며 그날의 풍경을 기억하게 했다.

곧 그가 알려준 식당이 보이리라, 가방을 챙겨 들고 내릴 준비를 하고 나서도 택시는 교차로를 지나 좁은 길을 몇 번이나 꺾어 돌았다. 나는 버스 정류장 앞에서 골목길로 들어설 무렵부터 창으로 얼굴을 바싹 붙이고 '오백 미터, 도보로 팔 분 거리'의 연희북문 주변을 살피며, 그 낯설고 복잡한 곳까지 길 찾기 안내에 따르지 않은 것에 안도했다.

하지만 막상 택시가 정차한 후에는 손에 쥐고 있던 카드를 내밀지도 내릴 생각도 하지 못하고 주위를 두리번거려야 했는데, 그곳은 북문처럼 생긴 구조물도, 음식점으로 보이는 곳도 없는 한적한 주택가 진입로 앞이었기 때문이다.

목적지에 도착했다는 기사의 재촉에 떠밀려 차에서 내릴 때 앞자리 조수석 쪽에서 무언가 굴러떨어지는 소리가 났고, 문을 닫자마자 기사는 곧바로 차를 돌려 골목 밖으로 사라졌다. 나는 낯선 곳에 홀로 남겨져, 혹 택시가 떠난 방향에서 걸어 올라오는 남자가 그인지, 시선이 닿은 먼 곳, 저물어가는 빛이 유리창에 반사되어 흐릿하게 보이는 건물이 그날의 약속 장소인지 막막한 마음으로 서성이다가, 바닥에 담배꽁초가 널려 있는 곳으로 몸을 돌려 무심히 바라본 담벼락에서 흐린 물감으로 쓰인 한옥 식당의 이름을 발견했다.

'길을 완전히 잃지는 않았구나.'

그제야 안도하며 가까이 가서 들여다본 담장 안은 여느 가정집 같았지만, 한옥 식당이라고 했으니까.

그러나 촉촉하고 싱그러운 나무들로 둘러싸인 정원을 지나 도착한 붉은 벽돌집은, 지나치게 세련되고 고급스러워서 낯설게 느껴지는 운동화들 사이에 신발을 벗어놓고 올라가 들여다본 그곳은, 내가 가야 할 장소가 아니었다.

그는 워싱턴디시 거리의 택시 운전사였다.

오래전에 프랑스로 망명했던 사람도 파리에서 택시 운전을 했다고 전해진다.

파리의 택시 운전사가 망명했던 것은 70년대 말 공안 사건 때문이었다. 지금은 세상을 떠난 시인이 연루된 사건으로 알려진 일이기도 했다. 기록에 따르면 당시 한 무역회사의 해외 지사 근무로 그곳에 체류 중이던 파리의 택시 운전사는 사건이 발표되자 프랑스 정부에 '사상의 자유 침해에 따른' 망명을 요청했다. 그는 이십 년 동안 한국에 돌아오지 못했지만

'한국을 제외한' 다른 모든 나라에 갈 수 있었다.

사건에 함께 연루된 시인은 십오 년 형을 선고받았고 누군가는 사형을 당했다.

워싱턴의 택시 운전사 역시 그로부터 이십육 년이 지난 2000년대 공안 사건 관련자였으며, 그에게도 한국은 돌아올 수 없는 나라였다.

그는 칠 년 동안 투옥되었고, 출소 후 워싱턴으로 추방당해 오 년간 입국이 금지되었다. 그가 받았던 혐의와 죄목이 무엇이었는지, 출소 후에는 왜 추방되었는지, 오 년의 입국 금지 기간이 만료되어 칠 년이 지났는데 왜 아직 돌아올 수 없는지 나는 잘 알지 못했다. 기어이 알려고 하지도 않았다. 어떤 경우, 아는 것만으로도 피해 갈 수 없는 위험이 있던 시절을 살아본 까닭이겠지만, 이제 이 세계에 그런 종류의 위험이 사라졌다고 확증할 수도 없었다.

어쨌든 과거의 일로 받았던 형기는 마친 셈이고 돌아오지 못할 법적인 사유는 없어 보였으나, 한국 법무부의 판단에 따르면 그는 아직 돌아올 수 없는 사람이었다.

지금의 그가 어떤 사람이든 그를 만나는 사람이 누구이든 실제와는 무관한 해석이 따를 수 있다는 뜻일 것이다.

그는 '일시적 입국 금지 해제'로 칠 년 만에 한국으로 돌아와 바이러스 검사를 받았고, 검사 결과 위험이 될 만한 것은 발견되지 않았다. 그러나 혹시 발병할지 모르는 상황을 가정해, 그의 비문법적인 표현대로라면, '십사 일간 스스로 격리당했'다. 십사 일이 지난 후 그는 매일 아침 경기도에 있는 요양병원으로 갔는데, 그곳에는 법무부의 인도적 조치로 아들을 만날 수 있게 되었으나 이제는 그를 잘 알아보지 못하는 아픈 노모가 있었다.

그것이 그에 대해 내가 알거나 안다고 생각하는 전부였고 나는 무엇으로도 그와 연루된 것이 없었지만, 워싱턴에서 하필 붉은 립스틱을 내게 보냈다는 그의 아내는 내 책이 막 출간된 무렵인 지난봄에 한 소셜 네트워크 서비스에서 찾게 된 대학 동창이었다.

대학을 졸업한 후 그녀는 부모님과 함께 미국으로 갔다.

넌 작가가 되었구나.

워싱턴에 살고 있었네?

너 운동권이었잖아.

너는 그런 쪽 아니었는데……

그런 쪽이 아니었던 그녀가 워싱턴으로 추방당한 그와 늦은 나이에 부부가 된 것은 파리의 택시 운전사가 망명한 사건을 뒤늦게 '민주화운동'으로 인정한 정부, 그러나 공교롭게도 그가 연루된 사건이 일어났던 정부의 대통령 때문이었다.

고국의 대통령이 퇴임 후 목숨을 잃은 충격적인 일이 워싱턴 한인 사회의 젊은 세대를 움직였다고. 그래서 그런 쪽이 아니었던 그녀도 서거한 대통령과 관련된 단체에 들어가 워싱턴디시 거리에서 피켓을 들었고 인권단체에 나가게 되었으며 여권 한 장을 들고 워싱턴 공항에 도착한 추방자의 정착을 돕게 되었다고.

단 한 번의 전화 통화로도 친구는 오래전, 그러니까 누군가 제법 격렬한 운동권이었던 시절에 '그런 일'에는 관심이 없어 보이던 그녀는 아닌 것 같았다.

그가 추방된 후 요양병원으로 들어간 시어머니를, 이제는 기억을 잃어 아들을 알아보지 못하는 어머니를, 어머니에게 바싹 다가서서 유리창에 손을 갖다 대는 그를, 그러면 팔을 뻗어 손바닥에 손을 맞대는 어머니를, 주저앉아 우는 그를, 그가 돌아서면 그때야 일그러지던 노모의 얼굴을, 그녀는 그가 한국에서 보낸 사진들을 워싱턴디시 그들의 집에서 자신의 SNS 계정에 올렸고, 어머니가 그를 알아본 것만 같은 짧은 순간에도 어떤 날은 아직 무엇과도 연루되지 않은 스무 살 무렵의 아들로, 어떤 날은 죄수복을 입고 교도소 접견실 의자에 앉아 있던 아들로 기억하고 있는 눈치였다고, 그에게서 들은 시어머니의 이야기를 전했다.

그의 어머니는 아들을 알아보지 못했지만, 아들의 이름만은 기억하고 있었다.

어디로 가야 할지 알 수 없을 때 몸이 돌아서는 최초의 방향은 무엇으로 결정되는가.

우연인가, 마음이 기억하는 세계인가, 어느 주택가 높은 곳 꽃으로 장식된 아름다운 난간이 아닌 반대편 낮은 담벼락으로 향하는 무의식일까.

　애써 무언가를 찾아 헤매다니다가, 예컨대 도보로 팔 분쯤에 도달할 수 있는 거리에서, 마침내 아주 가까운 곳에서 그것을 발견하게 되는 날이 있다.

　무용하게 소비된 시간 때문에 자책하다가.

　하지만 생의 서사는 길을 찾지 못하고 미지의 방향으로 몸을 돌릴 때, 가령, 길 찾기 안내에 충실하게 따른다면 만날 수 없는 낯선 길의 곡선과 모서리 같은 것으로 구성되는 일일지도 모른다.

　그 사람을 한번 만나줘. 너는 작가잖아. 괜찮겠니?

　워싱턴에 있는 내 친구가 나에게 말했다.

　나는 그가 한국에 와서도 구할 수 없었고 광장 앞 서점에도 한 권밖에 없는 책을 들고, 괜찮은지는 모르겠지만, 칠 년 전 워싱턴 공항에 홀로 남겨졌을 그를, 몸으로든 마음으로든 우리가 함께 격렬하게 지나온 80년대를, 각자 조금씩 다른 방향으로 걸었을 90년대를, 수감과 추방 십사 년 만에 잠시 연희 북문 안으로 돌아온 그를 생각하며 상호가 쓰인 담장을 지나 대문 안으로 들어갔다.

　간판도 없고 음식점 고유의 눅눅한 습기와 냄새도 느껴지지 않고 심지어 한옥도 아니어서 그날의 약속 장소라고 단정할 만한 그 무엇도 없었지만, 길가 담벼락에 쓰인 흐릿한 글씨를 발견하고 잠시 후 알 수 없는 감정으로 되돌아 나오기 전까지, 나는 그곳이 우리가 만날 장소가 아닐지도 모른다는 어떤 의심도 하지 않았다.

대문에서 정원을 가로질러 붉은 벽돌집까지 이어지는 길고 좁은 돌계단에 발을 딛는 순간부터 나는 그때까지와는 다른 감정이 되었다.

정원에서 뿜어져 나오는 나무와 풀들의 싱그러운 냄새 때문이었는지, 어디선가 흘러드는 낯선 느낌의 빛 때문이었는지, 연희북문으로 가는 도중 길을 잃을까 봐 불안했던 마음, 알 수 없는 장소에서의 만남이 괜찮지 않아서 망설이던 마음, 차라리 다른 사람들과 함께 만나는 것이 좋겠다고 생각하던 마음, 어쩌면 그보다 전에, 그가 자가격리를 끝내고 언제쯤 시간을 낼 수 있겠냐고 물었을 때, 내 친구가 '너는 작가니까' 그를 한번 만나달라고 할 때, 그와 그녀가 괜찮겠냐고 할 때, 내가 가졌던 모든 마음을 무화하듯 그 집을 감도는 이상한 빛과 냄새와 적요는 이전에 알고 있던 것과는 달랐고, 그래서 안전하게 느껴지기까지 했다.

나는 천천히 이끼 낀 계단을 올라 벽돌집 안으로 들어갔다.

대문 앞에서와는 명도가 다른 평범한 초저녁 빛이 현관을 흑백으로 나누며 운동화들 위로 떨어지고 있었다. 곧 만나게 될 사람들의 것이라기에는 지나치게 깨끗하고 값비싸 보여서 기묘하게 느껴지는 신발들이었다.

신발을 벗고 복도로 한 걸음 올라서서 들여다본 그곳은 마치 세상에 없는 곳인 듯 비현실적이었다.

가구라고는 없는 넓고 환한 방이 사람들로 가득했는데, 모두가 문 쪽을 향해 바닥에 앉거나 엎드려서 무언가에 열중하고 있었다. 한두 사람이 문밖에 서 있는 나를 힐끔 올려다보았지만, 곧바로 아무 일도 없다는 듯 고개를 숙이고 하던 일을 계속했다. 내가 그곳에 없는 사람이 아닐까 착각이 들 만큼 아무도 나에게 신경 쓰지 않았다.

이십대는 지났을, 서른에 접어들었거나 그보다 몇 살쯤 더 된 나이로 보이는 그들은, 둘만의 손을 잡고 광장 근처를 배회하다가 서점 앞 계단에서 책을 읽던 스무 살 연인들과는 달랐다. 아직 삶의 어떤 것도 결정하지 못했고 무엇이 올지 예측할 수 없는 어린 연인들의 불확실하고 연약한 뒷모습과는 달리, 그 방은 어떤 확신에 가득 찬 세계 같았다. 그들이 무엇을 하고 있는지 알 수는 없었지만 각자 다른 일을 하는 것도 같았고 모두가 한 가지 일을 위해 그곳에 모여 있는 것 같기도 했다.

다시 신발을 신고 현관을 나설 때, 그들 중 하나라 해도 좋을 세련된 복장의 젊은 남자가 대문을 열고 들어와 계단 위로 올라오는 모습이 보였다.

"식당인 줄 알았어요."

나는 남자와 엇갈리며 내려가다가 내 무단 입장의 이유를 설명했다.

'여기서 모두 뭘 하는 거죠?'

어쩌면 그렇게 묻고 싶었던 것일지도.

남자는 아무도 말을 걸지 않았다는 듯 표정도 없고 대답도 없이 나를 지나쳤다.

마지막 계단을 내려갈 때 어쩐지 서늘한 느낌이 들어 뒤를 돌아보니, 정원 풀숲 구석진 곳에 크고 무게감이 느껴지는 검은색 카메라가 세워져 있었다. 안으로 들어갈 때는 볼 수 없을 것 같은 방향으로.

만일 작동 중이었다면 촬영이 모두 끝난 후에야 발견할 수 있을 위치에서.

그들이 열중하고 있던 일은 어쩌면 그것과 관련된 것일지도 몰랐다. 낯선 사람의 등장에 아무 반응도 보이지 않아 나 자신의 존재조차 의심하게 했던 사람들, 그 집을 들어설 때 느껴지던 알 수 없는 빛, 그리고 정체 모를 카메라.

모든 것이 누군가에 의해 꾸며진 연극 같았다.

나는 서둘러 밖으로 나가서 흐린 물감 글씨가 번져 있는 담벼락을 등지고 섰다. 약속된 시간이 지나고 있었다.

그는 어디에 있는 걸까. 집으로 돌아갈까. 그에게 메시지를 보내야 할까. 길을 잃었다고.

낯선 사람들이 보였다.

그들일까.

그들의 위쪽 이층 난간에서 크기가 다른 여러 종류의 항아리들과 제라늄 화분과 크고 노란 국화 꽃송이와 남천나무의 자잘하고 풍성한 잎들이 보였고, 그 아래 작은 푯말이 세워져 있었다. 택시가 나를 내려준 바로 그곳, 불과 몇 걸음 앞 철제 계단 위에 '한옥 식당 우리 집'이 있었다.

푸른 점퍼를 입고 안경을 쓴 남자가 그일까.

나는 그들 쪽으로 걸었다. 그들이 아직 나를 알아보기 전이었다. 그때 그들의 뒤편 어디쯤에서, 나의 등 뒤에서, 어쩌면 담벼락 옆에서, 모습을 드러내지 않은 또 다른 무언가가 느껴졌다. 기하학무늬 흰 치마에 블라우스를 입고 그에게로 걸어가는 여자의 이름과 인상착의를 어딘가로 송신하고 있는, 여자의 직업과 경기도의 거주지와 생년월일과 출신학교와 과거의 내력을 빠른 속도로 수신하고 있는 어떤 그림자.

푸른 점퍼를 입고 안경을 쓴 남자, 내 친구의 남편 이성연과 악수를 하고, 그들과 함께 철제 계단을 올라 제라늄과 국화와 남천이 있는 데크 위에서 사진을 찍고, 그곳의 명물이라는 된장 맛을 보고, 오지 않은 사람을 기다리며 다 같이 식사를 하고, 자리를 옮겨 경기 광역버스 막차가 끊어질 때까지 맥주를 마신 뒤 내 친구의 남편 이성연이 잡아준 택시를 타고 연희북문에서 집으로 돌아올 때까지, 그것은 우리의 근처를 배회했고, 그 뒤로도 나를 떠나지 않았다.

어쩌면 이것이 내가 그날의 일을 쓰게 된 이유일지도 모르겠다.

나는 내 친구와 그녀의 남편 이성연에 대해 알아야 했을까, 모른 채 살아야 했을까. 오래전에 한국을 떠난 내 친구가 어디에 살고 있는지 어떻게 살아가고 있는지 그녀의 남편은 누구인지 아무것도 모르는 채, 다만 그런 쪽이 아니었던 대학 동창으로만 기억했어야 할까.

새벽 한시 무렵에 택시를 타고 집으로 돌아와 인터넷 사이트에서 찾아본 기사에 의하면, 입국 신청을 하기 위해 영사관에 갔을 때 그는 어머니의 간병뿐 아니라 한국에 체류하는 동안 일별, 장소별로 만날 대상을 상세하게 기재하라는 법무부의 요구를 받았다. 그런 부당한 요구와 관련된 어느 인권단체의 성명서를 보고 나서 나는 그동안 느껴온 불안의 정체, 시간을 끌며 그와의 만남을 망설인 이유를 분명히 알게 되었다.

만일 그 집 담장 안에 숨겨진 카메라가 나를 향한 것이었다면, 그곳의 빛이 어떤 연극을 위해 설치된 것이라면, '한옥 식당 우리 집' 난간 아래 이성연과 일행이 서 있는 곳으로 다가갈 때 느껴지던 그림자가 실체였다면, 그래서 그 모든 것들이 그날을 기록했다면……

나는 며칠이 지나도록 두려움에 사로잡혀, 길 찾기 안내와 다른 방식으로 연희북문까지 갔던 과정과 그들과 함께 있던 오백 미터 도보 팔 분 거리에서의 일들을 차례로 떠올렸다.

이성연입니다.

한옥 식당 난간 아래에서 그가 내 앞으로 성큼 걸어와 손을 내민다. 나는 그의 손을 가볍게 잡는다. 그가 뒤에 서 있는 사람들을 소개한다. 그들에게도 나를 소개한다. 중년 남자 둘, 여자 한 명과 백발의 남자.

내 아내의 친구입니다.

나와 그들은 살짝 고개를 숙여 인사한다. 백발의 남자가 누군가와 통화를 하고 나서, 이 사람은 좀 늦을 것 같으니 먼저 올라가자고 앞장선다. 철제 계단이 삐걱거리며 흔들린다. 계단 위 나무 데크 위에는 아래에서 보이던 것보다 더 커다란 항아리들과 꽃과 나무와 담배꽁초가 수북한 재떨이와 테이블과 의자가 있다. 백발의 남자가 항아리들을 가리키며, 저게 다 된장이에요. 칠 년 만에 귀국한 이 선생을 위해 이곳으로 왔습니다, 하고 뒤따라 올라간 그에게 말한다.

아이쿠.

그가 감탄한 듯 겸손한 미소를 짓는다.

예약된 테이블로 가서 각자 자리를 잡고 앉는다. 내 자리는 테이블 가장자리, 여자의 옆이다. 백발 남자는 그의 귀국을 위해 탄원서를 써준 어느 대학의 퇴임 교수로, 지금은 정치적인 이유로 자유를 구속당한 사람들을 위한 단체의 대표직을 맡고 있다고 자신을 소개한다.

탄원서를 썼지만 조금 전 계단 아래에서 이 선생을 처음 대면했습니다.

퇴임 교수가 말했다.

어떻게 감사의 인사를 드려야 할지⋯⋯

그가 말했다.

퇴임 교수는 자신의 휴대폰 카메라를 열어 옆에 앉은 남자에게 건네준다.

당신이 사진을 찍으세요.

남자가 휴대폰을 받아 들고 일어서자 퇴임 교수이자 자유를 위한 단체의 대표는 둘둘 말린 종이를 가방에서 꺼내더니 맞은편에 앉아 있는 그에게 건넨다. 그가 일어나 그것을 받아 펼친다. 휴대폰을 들고 있던 남자가 그 장면을 카메라에 담는다. 그가 펼친 종이에는 붓글씨로 쓰인 한자 여덟 글자가 있다. 그가 음을 하나씩 읽자 퇴임 교수는 자신이 직접 쓴 것이라며 한자의 뜻을 풀어준다. 그 장면도 휴대폰에 저장된다. 찰칵거리는 카메라 소리가 날 때마다 나는 몸을 옆으로 비틀고 고개를 숙인다.

사진을 찍은 중년 남자는 수도권 어딘가에 있는 작은 박물관의 관장이라고 자신을 소개한다. 어느 박물관인지 구체적으로 말하지는 않는다.

관장이 어젯밤 과음을 해서 아직도 속이 울렁거린다고 하자 퇴임 교수가 이 집 된장국은 어디에서도 맛볼 수 없는 일품이라며 식당 주인인 듯 보이는 여자에게 식사를 준비하라는 손짓을 보낸다. 식당 주인은 퇴임 교수의 친구라고 간단히 자신을 소개한 뒤 그 집에서 손수 담근 된장에 대해 길고 친절하게 설명한다.

식사가 차려지자 관장은 된장국을 떠먹으며 전날의 숙취를 달래고, 그는 퇴임 교수가 권하는 대로 된장과 여러 가지 음식을 맛본다. 말없이 앉아만 있던 옆자리 여자가 의자 뒤쪽에 내려놓은 보자기를 풀어 안에 든 것을 꺼내며, 이 자리에 오려고 충청도에서 아침 일찍 올라왔어요, 하고 짧게 말한다.

여자는 직접 캐고 담갔다는 더덕과 더덕주를 테이블 위에 올리고, 더덕을 잘게 찢어 접시에 담는다.

식당 안에 향긋한 더덕 냄새가 퍼진다.

아직 오지 않은 한 사람을 기다리며 다 같이 식사를 하고, 술이 아니라 약이라는 더덕주를 한 잔씩 돌려 마시고, 그의 어머니의 병세를 걱정하고, 곧 미국으로 돌아가야 할 그의 처지를 안타까워하며 용기를 잃지 말라는 의례적인 이야기를 나누고 있을 때, 만난 적은 없지만 나도 알고 있는 시인이 식당 문을 연다. 시인이 기울어진 걸음으로 우리에게 다가온다. 시인을 초대한 사람은 퇴임 교수다.

그는 시인이 그 자리에 와준 것이 영광이라고, 자신도 시를 쓰고 싶었다고, 시인을 만났을 때 누구나 할 수 있는 평범한 인사말을 한다. 대학에서 함께 문학회 활동을 하던 친한 친구는 유명한 신문사의 기자가 되었지만 '그 일'이 있고 나서는 한 번도 만난 적이 없었다고도.

그런 이야기를 나누다가 더덕주 병이 비었을 때 한옥 식당에서 나왔고, 퇴임 교수의 제안으로 된장이 들어 있는 항아리 앞에서 모두가 마스크를 쓴 채로 기념사진을 찍었다. 자리를 옮겨 연희북문 근처에 있는 치킨집에서 맥주를 마시며, 삼십삼 년 전 시인이 스물일곱 살 때 겪었던 필화사건과 당시 국가기관으로부터 받았던 가혹한 일들과 감옥에서 출소한 후 아무도 가까이 오지 않았던 유령 같은 시간에 대한 이야기를 듣는다.

이성연 씨, 건강하게 다시 꼭 봅시다.

마지막 잔을 비우고 자정이 지난 컴컴한 북문 거리로 나왔을 때 시인이 그에게 말했다.

이틀 전 그는 추방 칠 년 만에 허락된 한 달간의 한국 체류를 마치고 다시 워싱턴디시로 돌아갔다. 그와 내 친구와 나의 이름을 써넣은 두 권의 책은 아직 가방 안에서 꺼내지 못했다. 그날 우리는 책에 대해서 까맣게 잊었다. 우리가 만난 이틀 뒤 그가 한국을 떠난다는 것도 나는 까마득히 잊고 있었다.

그리 특별할 것 없는 하루가 어떤 그림자에 의해 실제와는 무관하게 해석될지도 모른다는 두려움에 사로잡혀, 그도, 내 친구도, 그를 위해 모였던 선량한 사람들도, 기울어진 걸음으로 오던 시인도, 그가 푸른색이 잘 어울린다고 했던 광장 앞 서점의 마지막 책도, 나에게는 그날의 알리바이를 위해서만 존재한 것이다.

그날 밤 그는 내 친구가 워싱턴에서 보냈다는 붉은색 립스틱을 꺼내지 않았다. 우리는 아무것도 주고받지 못했다. 어쩌면 그는 더 오랫동안 돌아오지 못할지도 모르겠다. 해가 지고 어둠이 내려도 우리 뒤의 그림자가 사라지지 않는 한.

이
별

이삿짐을 실은 트럭을 먼저 떠나보낸 뒤 그들은 아들이 운전하는 승용차에 탔다. 겨울이 오기도 전인데, 그는 털모자를 썼다. 아들의 옆자리에는 딸이 앉았다.

*

아들과 딸이 이삿짐센터 직원 두 명과 함께 트럭에 짐을 싣고 있는 동안, 그는 동네 단골 식당으로 가서 소주를 한 병 마시고 주인 여자에게 작별 인사를 했다.

"어디로 가세요?"

주인 여자가 그에게 물었다.

"동물원 근처……"

그가 말했다.

"동물원?"

"놀이공원이라고 했던가?"

"잘 가요……"

개천가, 여름내 무성하게 자란 풀들이 늦가을 아침의 햇살과 바람에 말라가고 있었다. 그는 천변에 서서 지난여름을 생각했다. 자정이 넘은 시간에 그녀에게서 전화가 걸려왔다. 그와 함께 살고 있던 여자가 잠든 그를 깨워 수화기를 건네주었다. 수화기에서 그녀의 목소리가 들렸다. 아들과 딸의 엄마였다. 그와 헤어진 후 그녀는 식당에 딸린 방에서 혼자 살고 있었다. 그녀의 친구가 운영하는 식당이었다.

"이곳으로 와줄 수 있어?"

그녀가 말했다.

"어디로?"

그가 그녀에게 물었다.

"식당……"

전화를 끊고 그는 컴컴한 다리를 건너 개천을 지나 시내로 갔다. 부대찌개를 파는 식당들이 모여 있는 거리였다. 어둠 속에서 간판의 불빛이 보였다. 저마다 '원조'라고 쓰인 간판들이었다. 그녀가 있는 식당도 원조일 것이었다. 그도 두어 번 가본 적이 있었다. 어쩔 도리 없이 끝난 관계였고 그에게는 새 여자가 생겼지만, 그녀가 보고 싶을 때가 있었다.

그가 처음 그녀를 찾아간 날은 해가 기울던 봄날의 초저녁이었다. 식당은 이층이었고, 좌식으로 꾸며진 넓은 홀 안에 반투명 유리 미닫이문이 달린 작은 방이 있었다. 홀에는 아무도 없었다. 출입문에 매달린 종이 댕그랑 울리자 그녀와 그녀의 친구인 식당 주인이 머리카락을 매만지며 방에서 나왔다. 식당 주인은 그도 잘 아는 사람이었다. 딸과 아들이 어린아이였던 시절, 그와 그녀가 처음으로 집을 샀을 때, 그들의 집 문간방에 세 들어 살던 여자였다. 여자는 시장 사람들에게 돈을 빌려주고 매일 일숫돈을 받으러 다녔다. 여자의 남편은 하는 일 없이 집에만 있었고, 두 사람 사이에 아이는 없었다. 여자의 손가락에는 늘 자주색 보석이 박힌 굵은 금반지가 끼워져 있었다. 차츰 반대쪽 손가락과 팔목과 목에도 금붙이가 늘어났다. 여자는 그때와는 다른 초록색 보석 반지를 끼고 있었다. 그녀의 손가락에도 못 보던 반지가 있었다. 무늬도 없고 보석 장식도 없는 단순한 모양의 금반지였다.

그가 자리를 잡고 앉자 그녀가 주방으로 들어가 소주와 부대찌개 국물을 가지고 와서 맞은편에 앉았다. 여자는 두 사람을 홀에 남겨두고 미닫이문을 열고 방으로 들어갔다. 특별히 나눌 이야기는 없어서 그는 그녀가 따라주는 소주를 연거푸 마셨다. 그녀도 한두 잔 마셨다. 그렇게 마주 보고 있으니 자신과 그녀가 남남이 되었다는 사실이 실감 나지 않았다. 몇 달 뒤 다시 갔을 때, 그녀는 어지럽혀진 테이블을 정리하고 찌개 냄비를 나르고 그녀의 친구인 식당 주인이 가리키는 곳으로 가서 주문을 받느라 그가 있는 곳을 돌아보지 못했다.

그 후로 그는 그곳에 가지 않았고, 그것이 그녀를 본 마지막이었다.

'어디쯤이었더라……'

어둠에 잠겨 희미했지만 그사이 거리는 한결 번화해진 느낌이었다. 양편으로 식당들이 늘어선 길 위에 아치형 지붕이 설치되어 있었고, 거리의 이름이 새겨진 간판의 네온 불빛이 머리 위에서 빛났다.

그녀가 있는 식당의 위치는 길의 중간쯤일 것이었다. 그는 간판들을 바라보며 기억을 더듬었다. 식당의 이름이 기억나지는 않았지만 찾을 수는 있을 것 같았다. 수화기 저편에서 그녀는 그에게 보고 싶다고 말했다. 이따금 전화가 걸려오기는 했으나 그런 말을 한 것은 처음이었다. 모르는 척할까 생각했지만, 어쩐지 그럴 수 없는 밤이었다.

그는 길 중간쯤에 멈춰 서서 상가 이층을 올려다보았다. 그가 찾는 식당은 보이지 않았다. 조금씩 앞으로 걸어가다 보니 골목이 끝나는 곳이었다.

'이쪽이 아니었나?'

그녀는 어쩌면 자신이 기억하는 반대쪽에 있을지도 모른다고 그는 생각했다. 반대편 이층에도 몇 개의 원조 부대찌개 간판이 보였으나 그의 눈에는 모두 낯설게만 느껴졌다. 아무리 기억을 더듬어도 식당의 위치를 찾을 수가 없었다.

여름밤은 무덥고 눅눅하고 바람 한 점 불지 않았다.

시계를 보니 새벽 두시가 다 되어가고 있었다. 어쩔 수 없이 그는 그녀가 있는 거리를 빠져나와 개천가 단골 식당 앞에서 담배를 한 대 피운 후 다리를 건너서 집으로 돌아갔다.

그날 밤에 그녀가 죽었다.

*

개천을 따라 흐르는 물 위로 새 떼가 날아올랐다. 그 모습을 좇으며 그가 그날의 일을 생각하고 있을 때 이삿짐을 실은 트럭이 천변을 지나갔다. 그는 서둘러 집이 있는 골목으로 갔다. 그의 아들은 승용차 운전석에 타고 있었고, 딸은 집 앞을 서성이다가 그가 오는 것을 보고는 차 문을 열고 안으로 들어가 조수석에 앉았다. 딸이 서 있던 뒤쪽에서 누런 들판과 푸른 하늘이 쏟아져 들어와 그의 눈을 시리게 했다.

그는 아들과 딸이 타고 있는 승용차를 지나쳐 계단을 올라 집으로 들어갔다.

동쪽 거실 창가에 햇볕이 가득했다.

변함없는 오전의 풍경이었다.

그는 여자가 있던 방과 여자의 아이 방, 아들이 쓰던 방을 차례로 들여다보았다. 여자는 그보다 먼저 짐을 싸서 아이와 함께 어디론가 가버렸다. '그 밤'이 지나고 나서였다.

육 년 전 그녀와 완전히 끝나버린 뒤, 그는 매일 저녁 회사 뒷골목에 있는 작고 허름한 식당에서 밥을 먹고 늦도록 술을 마셨다. 여자는 늦은 나이에 딸 하나를 낳아 혼자 키우면서 식당 일을 하고 있다고, 어느 날 그와 함께 술을 마시며 말했다. 두 달쯤 뒤에 그와 여자는 살림을 합쳤다. 그때 그의 아들은 막 고등학교를 졸업했고, 딸은 다른 도시에서 대학에 다니고 있었고, 여자의 아이는 열두 살이었다.

"마음에 들어요. 당신은요?"

처음 집을 보러 온 날 여자가 물었다.

좀처럼 표정을 바꾸거나 속마음을 내비치지 않는 여자였지만 그날만은 마음을 감추지 않았다. 그런 여자를 바라보고 있으니 그는 그녀와 아들과 딸과 보석 반지 여자 부부가 함께 살던 그 집과 그때의 긴 나날들이 스쳐 가 가슴이 뭉클했다.

'좋은 날도 있었지.'

그런 날도 있었을 거라고 생각했다.

여자와 살던 집은 그의 마음에도 들었다.

골목 밖 천변에 밤새도록 영업을 하는 술집과 식당들이 늘어선 시끄럽고 허름한 동네에서 보기 드물게 단정한 이층집이었다. 주인이 일층에 살고 있지만, 이층으로 올라가는 계단과 출입문이 분리되어 있어서 서로 방해될 일은 없었다. 골목이 끝난 곳에 펼쳐진 드넓은 들판과 논과 하늘이 거실 창으로 스미듯 보이는 것도 좋았고, 초여름 밤에 개구리들이 밤새 울어대는 것도 좋았다. 울음소리 때문에 밤마다 축축한 들판이나 논 위에 떠 있는 것 같았는데, 그에게는 그것이 밤의 고요보다 한결 편안하게 느껴졌다.

그와 함께 살던 육 년 동안, 여자는 그나 그의 아들이나 딸에 대해서 어떤 것도 묻거나 간섭하지 않았다. 이따금 걸려오는 그녀의 전화에도 불편한 내색이 없었다. 그에게 수화기를 건네주기 전에 그녀와 몇 마디 안부를 주고받기까지 했다. 깊은 밤에 컴컴한 계단 아래로 사라지는 그녀의 그림자를 본 적이 있었고, 계단 옆 아들의 방에서 그녀의 기척을 느낀 날도 있었지만 모른 척했다.

그와 여자가 법적인 부부인 적은 없었기 때문에 이별도 간단했다. 여자가 말없이 떠났듯, 그도 떠나는 이유를 묻거나 붙잡지 않았다. 아이가 있는 여자가 그의 삶에 완전히 뛰어들지 않았듯이 그에게도 여자는 원래의 그 자리에 있던 사람은 아닌 것 같았다.

"빨리 출발해야 해요!"

계단 아래에서 딸의 목소리가 들렸다.

"이제 가야지……"

그가 중얼거렸다.

그는 여자가 머물다 간 방, 여자의 아이 방, 마지막으로 아들이 지냈고 그녀가 가끔 아들을 보러 오곤 했던 그 방의 문을 닫고 계단을 내려갔다.

　계단 아래, 딸과 아들이 서 있었다.

*

　그날 그의 아들은 예비군 훈련을 마치고 아내가 있는 신혼집으로 돌아갔다. 아들은 스물여섯 살이 되자마자 결혼을 해서 그의 집을 떠났다.

　아들의 동갑내기 아내는 예쁘고 영리한 여자였다. 백화점 직원으로 일하며 착실하게 생활했고, 남편이 자신을 사랑하는 것보다 더 남편을 사랑해서, 남편에게 필요한 것이면 무엇이든 백화점에서 직접 사다 주었다. 무엇보다 어머니를 생각하는 남편의 마음을 이해하려고 노력했다.

　아들이 결혼한 뒤, 그녀는 식당에서 김치를 담글 때 한 통을 더 만들어 아들의 집 냉장고에 넣어주었고, 부대찌개 재료를 싸 들고 가서 아들 부부에게 손수 끓여주었다. 아들의 승용차를 타고 셋이서 벚꽃 구경을 간 적도 있었고, 아들의 아내가 백화점에서 근무하는 주말이면 식당 문을 여는 오후가 될 때까지 아들과 함께 시간을 보냈다. 아들의 아내가 아기를 가진 뒤에는 퇴근 후 편히 쉬게 해주려고 틈틈이 아무도 없는 집으로 가서 세탁기를 돌리거나 청소를 했다.

아들이 삼 일간의 예비군 훈련을 마친 날, 아들의 아내는 아껴두었던 연차를 신청하고 집에서 남편이 돌아오기를 기다렸다. 오랜만에 둘만의 시간을 보내고 싶어서 백화점에서 새로 산 임부복을 입고, 그녀가 냉장고 안에 채워준 반찬 대신 남편이 좋아할 만한 특별한 요리를 준비했다.

　"고생했어, 자기야."

　아들의 아내가 집으로 돌아온 남편을 안아주었다.

　"오늘은 미용실 앞에서 총을 들고 서 있었어. 네 시간이나."

　아들이 어리광을 부리듯 말했다.

　"미용실?"

　새 임부복을 입은 아내의 모습은 예쁘고 사랑스러웠다.

　"응, 거기가 내가 지켜야 할 진지래."

　"진지?"

　"응, 진지. 만일 우리가 어쩌다 서로를 잃어버리면 거기서 만나자!"

　"웃기다."

　"웃기지? 어떤 녀석의 진지는 은행 앞이었어."

　아내가 즐거워하는 모습을 보고 아들이 지어낸 말이었다.

　"그들이 이별하면 거기서 만나겠구나."

　아내는 웃긴 건지 슬픈 건지 모를 표정을 지었다.

　"그 녀석이 현금지급기 앞에서 총을 들고 졸다가 헌병에게 끌려갔어."

아내의 기분을 바꿔주기 위해 아들은 이야기를 꾸며냈다.

"정말?"

"응, 정말!"

"어? 자기야. 아기가 움직여……"

"정말? 어디, 어디……"

아들과 아들의 아내는 농담을 하고 서로를 배려하고 뱃속 아기의 움직임을 느끼며 잠시 기분 좋은 시간을 보내다가, 아들이 몸을 씻는 동안, 아내는 자신이 만든 음식으로 저녁상을 차렸다.

욕실에서 나온 아들은 아내가 꺼내준 깨끗한 속옷으로 갈아입고 외출복을 입었다.

그러고는 아내에게 말했다.

"엄마한테 가기로 했어."

그러자 아내의 표정이 창백하게 굳었다.

"어디 아파?"

아들이 아내에게 물었다.

"안 가면 안 돼?"

아들의 아내도 물었다. 아들은 아내가 차린 음식들을 바라보며, 잠시 다녀왔다가 저녁은 돌아와서 먹겠다고 했다. 식탁 위에 어머니가 만들어준 반찬은 아무것도 없었다.

"언제나…… 셋이서 사는 기분이야."

아내가 뜻밖의 이야기를 꺼냈다.

그런 아내의 마음을 이해하지 못할 바는 아니었지만, 아들은 못 들은 척 뒤돌아서서 현관문을 열었다.

"아니, 둘이 사는 집에 내가 끼어든 느낌이야."

그때 고개를 돌려 바라본 아내의 얼굴은 '진지'에 대한 이야기를 나눌 때와 비슷한 표정인 것 같기도 했고, 그것과는 달리 차갑고 냉정해 보이기도 했다. 순간, 아들의 마음이 아팠다. 그런 아내의 모습이 아들에게는 슬프고 낯설게 느껴졌다. 아들은 아내를 그대로 내버려두고 그들의 신혼집을 나와서 어머니가 있는 식당으로도 가지 않고 술집에서 술을 마셨다.

아내가 화를 내거나 슬퍼한다면 무엇이든 받아주고 달래줄 수 있지만, 어머니에 관한 것만은 그럴 수 없었다. 바람 한 점 불지 않는 덥고 눅눅한 여름밤이었다. 늦더라도 어머니에게 가볼까 생각했으나 그러기에는 아내의 얼굴이 마음속에서 떠나지 않았다.

아들은 아내에게도 어머니에게도 가지 않았다.

'무슨 일이야 있을라구.'

그저 흔히 지나가는 조금 불편한 날 중 하루일 뿐이라고 생각했다.

밤늦게 아들이 집으로 돌아갔을 때 식탁은 깨끗이 치워져 있었고, 아내는 벽 쪽으로 뒤돌아 누워 잠들어 있었다. 아들도 고단했던 예외의 하루를 침대 위 아내의 곁에 뉘었다. 자정이 다 되어갈 무렵에 전화벨이 울렸지만, 아들도 아내도 받지 않았다.

*

    지난봄에 엄마가 나에게 왔었어. 어디서 빌렸는지 용달차의 조수석에 앉아서. 엄마가 타고 온 차에는 중학생이 되었을 때 아빠가 사준 은색 전축이랑 작은 티브이랑 꽃무늬 이불 한 채가 실려 있었어. 용달차를 먼저 보내고 엄마는 하룻밤을 자고 갔어. 내가 살던 마을은 동물원 근처야. 아니, 놀이공원. 밤마다 놀이공원 안 동물 우리에서 맹수들의 울음소리가 들려와. 놀이공원을 둘러싼 산의 메아리로 내 방까지. 참 구슬픈 소리였어.

    그런데 엄마는 그게 좋았나 봐.

    "여기서 너랑 살까?"

    그러는 거야. 오래된 농가에 세 든 작은 방이라 엄마가 가져온 것들을 풀어놓으니 더 좁아졌는데 말이야.

    내가 대답을 하지 않으니까 다시 한번 물었어.

    "여기서 무슨 일이라도 하며 너랑 같이 살까?"

    그냥 해보는 말은 아닌 것 같았어. 엄마는 지쳐 보였어. 그런데 말이야, 그때 내 마음이 어땠는지 알아? 싫은 거야. 겁이 났어. 초라한 짐 하나가 내 방으로, 내 삶으로 들어와 나조차 작고 초라하게 만들 것 같았어. 왜 그런 마음이 들었을까.

나는 좀 더 기다려보자고, 넓은 방으로 이사를 하면 그러자고 마음에도 없는 말을 했어. 지쳐 보이던 엄마가 그때 쓸쓸해 보이기까지 했는데 나는 외면했어.

다음날 엄마랑 같이 놀이공원엘 갔지. 엄마가 가자고 했어. 둘이서 특별히 할 것도 없어서 꽃들이 잘 가꾸어진 정원 길을 걷다가 호랑이, 사자, 표범 같은 맹수들이 있는 동물원 쪽으로 갔어. 엄마도 나처럼 몸집이 큰 동물들을 좋아했나 봐. 아이처럼, 노인처럼, 마흔아홉 살 엄마가 신기한 듯 그 앞에 오래 서 있는 거야. 나는 분명하게 느낄 수 있었지. 엄마는 이제 나의 보호자가 아니구나. 엄마와 놀이공원 같은 곳엘 가는 게 더는 즐겁지 않았어. 이상하지? 엄마가 그 삶에서 벗어나길 그토록 오랫동안 바랐고, 마침내 그렇게 되었는데, 하나도 좋아 보이지 않았어. 엄마를 만날 때마다 물이 가득 찬 항아리 속에서 함께 젖어가는 기분이었어. 그건 예상할 수 없었던 일이야. 네 식구가 같이 살 때, 우리 둘은 한순간도 엄마를 떠나지 않았어. 엄마의 고통을 함께했지. 우리는 밤마다 엄마의 울음소리를 들어야 했어. 엄마보다 네가 먼저 잠든 날은 없었어. 영영 떠나버릴까 봐 곁에서 엄마를 지켰지. 나는 도망치지 못하는 엄마를 이해할 수 없어서 가끔 냉담하게 굴기도 했지만.

너도 기억하고 있을까? 네가 막 고등학교를 졸업했을 때.

봄이었어.

마당 꽃밭에 봄꽃이 피어 있었어.

그날 너는 처음으로 아버지를 마당에 내동댕이치고는 집을 나가버렸어. 엄마를 두고 혼자. 그날 밤은 처참했어. 보석 반지 아줌마가 아버지를 붙잡고 말려보았지만 소용없었어. 나는 정신을 잃어가는 엄마를 꼭 안았어. 온 힘으로 엄마를 안고 웅크렸지. 엄마에게 날아오던 발이 내 등과 종아리를 짓눌렀어. 그제야 엄마는 나를 힘껏 떼어내고 도망쳤어. 그게 끝이야. 엄마는 다시 집으로 돌아오지 않았어.

그런데 왜 괜찮아 보이지 않았을까. 엄마는 어째서 버려진 사람 같았을까. 더 일찍 집을 떠났다면 괜찮았을까. 차라리 참고 견뎠어야 할까. 엄마는 어떻게 해야 했을까.

여러 날을 생각했어.

엄마 같은 사람들은 어떻게 해야 하나.

어떻게 하면 죽지 않을까.

놀이공원 밖으로 나가는 길에서 우리는 사진을 한 장 찍었어. 튤립이 가득 핀 화단 앞에서. 지나가던 사람에게 부탁했어. 이 사진이야. 엄마와 내가 같이 있는 마지막 사진. 우린 영영 여기에 멈춰 있겠지? 그런데 사진 속 엄마가 웃는 건지 찡그리는 건지 모르겠어. 그게 엄마의 얼굴이었잖아. 웃어도 자고 있어도 미간에 늘 주름이 잡혀 있는. 동물원 호랑이 같다고 놀려대기는 했지만. 잠든 엄마의 이마를 손가락으로 펴주곤 했던.

그때 엄마가 내 방에서 함께 살았다면 어땠을까.

그런데 참 웃기지? 이제 우리만 그곳으로 가게 되었네. 엄마를 남겨두고. 거긴 아직도 밤이면 동물들의 울음소리가 들려. 이따금 대낮에도. 우리가 살게 될 집은 사층이라 더 가깝게, 더 가득.

그날 저녁은 아주 많이 더웠지. 열대의 뜨거운 공기가 밀려드는 것처럼 더웠어. 그날 엄마에게 가지 못한 건 그래서라고 생각했어. 유난히 무덥고 답답한 날이라서. 그런 날이 지나면 또 그럭저럭 견딜 만하잖아. 다음 날, 또 다음 날도 있으니까.

엄마는 백김치를 만들었다고 했어. 우리가 가면 주려고 두 통으로 나눠 담아놓았다고. 우리는 엄마가 해주는 백김치를 좋아했어. 나는 배춧잎 속에 얇게 저며 넣은 대추를 좋아했어. 너는 밤을 좋아했나? 그땐 특별히 대추와 밤을 듬뿍 넣었다고 했어.

그날 밤 전화를 걸었을 때, 그러니까 그 마지막 전화에서, 엄마는 나에게 보고 싶다고 했어.

"내일 만나요."

나는 엄마에게 그렇게 말했어.

내일 만나면 된다고 생각했어.

그런데 왜 그렇게 불안했던 걸까. 왜 이유도 없이 가슴이 아프고 울고 싶었을까. 그날따라 맹수들의 울음소리도 들리지 않았어. 이상하게 고요했어. 무슨 신호를 기다리는 사람처럼 나는 자꾸 동물원 쪽으로 귀를 기울였어. 그건 다 뭐였을까. 어째서 그랬던 걸까.

엄마가 남긴 백김치는 아직 다 먹지 못했어.

*

한여름 새벽 두시 무렵은 가장 깊고 고요한 시간일지도 모른다. 그래서 그가 그녀를 찾지 못하고 개천을 건널 때 밤새들도 개구리도 울지 않았다. 꿈을 꾼 것 같은 날이었지만 여름 해는 일찌감치 떠오를 것이고, 그들이 살면서 보낸 수많은 날 중 불편한 하룻밤이 지나가고 있을 뿐이라고 그는 생각했다.

그가 집으로 돌아갔을 때 여자는 잠들어 있었고, 여자의 아이는 화장실에서 나오다가 계단을 오르는 그를 힐끔 돌아보고 방으로 들어갔다. 그와 함께 살던 육 년 동안 아이는 그 집에 없는 사람인 듯 조용하게 지냈다. 오직 여자를 통해서만 존재하듯, 여자가 "선아야……" 하고 부를 때만 아이가 모습을 드러내는 것 같았다.

'어디 있을 텐데……'

그는 냉장고와 싱크대 주변을 뒤지다가 부엌 구석진 곳에서 술병을 찾아냈다. 마시다 만 술이 절반쯤 남아 있었다. 그는 술병을 들고 아들이 없는 아들의 방으로 갔다. 아들의 방은 깊은 밤 그녀가 다녀가던 그때 그대로였다. 딸은 한 번도 그 집에 오지 않았다. 회사 근처로 그를 찾아온 적은 있었지만, 곧바로 그녀가 있는 식당으로 가서 그녀와 함께 있다가 자신의 방으로 돌아갔다.

'동물원 근처라고 했던가?'

학교를 졸업한 후에도 딸은 오지 않았다. 그곳에서 무얼 하며 지내는지 알지 못했으나 그도 묻지는 않았다.

'바보 같은……'

그는 책상 의자에 걸터앉아 소주를 한 모금 삼켰다. 그녀는 맞은편 침대나 창문 아래 기대앉아 아들의 얼굴을 바라보다가 날이 밝기 전에 소리 없이 돌아갔을 것이다.

알코올이 몸에 퍼지자, 특별히 나눌 이야기는 없었지만 마주 앉아 소주를 마시던 봄날의 늦은 오후, 마지막으로 본 그녀의 뒷모습, 그보다 훨씬 오래전의 그녀가 차례로 떠올랐다.

희미한 새벽의 빛깔이 그의 마음을 흔들며 유리창에 스몄다.

그는 머리를 감싸고 책상에 엎드려 훌쩍였다.

'당신이 어떻게 나에게……'

그는 다시 고개를 들고 술병의 술을 한 모금 더 마셨다.

'사랑스러웠던 내 작은 아기들……'

딸이 태어났을 때 그는 그녀가 자신에게 준 그 신비한 보석을 품 안에서 내려놓지 않았고, 아기가 커가면서는 술에 취해 비틀거리면서도 손을 잡고 어디든 데리고 다녔다. 동물원에도 가고 놀이공원에도 갔다. 아들이 태어났을 때도 마찬가지였다. 어머니의 손을 잡은 기억이 없고, 어쩌면 그런 적이 없었던 것일지도 모르지만, 딸과 아들에게는 자신의 어머니와 같은 존재가 되고 싶지 않아서 그는 술을 마셨다.

술을 마신 뒤에는 우스꽝스러운 행동으로 아이들을 웃길 수 있었고, 자신도 웃을 수 있었고, 손을 잡고 동물원이나 놀이공원에 갈 수도 있었다. 전축을 틀어놓고 노래를 흥얼거린 날도 있었다.

하지만 그녀는 그런 마음을 몰라주고 틈만 나면 떠나려 했다.

'망할……'

그녀도 어머니처럼 어디론가 가버릴 것만 같았다. 그녀를 붙잡기 위해서라면 그는 무엇이든 할 수 있었다. 그는 자신이 가진 것, 자신의 마음 전부를 주었다. 불안하고 화가 나서 그녀를 심하게 때린 다음 날 아침에는 무릎을 꿇고 빌었고, 어쩌다가 깨진 술병이나 뾰족한 물건으로 몸에 상처를 입힌 날에는 출근도 하지 않고 그녀를 지켰다. 그녀가 아이들을 데리고 숨거나 도망칠 때마다, 그가 알고 있는 모든 곳을 찾아 헤맸다. 그가 그녀를 얼마나 사랑했는지 아는 사람은 그녀뿐일 것이다.

언젠가, 그 자신도 어쩔 수 없을 만큼 견디기 힘들었던 그날, 다시 생각해도 괴로웠던 그때, 자주색 보석 반지…… 그 여자의 남편…… 그의 집에 세 들어 살던 그자가 그녀의 곁에서 얼쩡댔을 때……

그는 의자에서 벌떡 일어나 술병에 남은 술을 입안에 털어 넣었다.

그가 보는 앞에서 그놈이 그녀에게 실없는 농담을 지껄였을 때, 그놈에게 그녀가 웃었을 때, 그는 그놈을 자신의 집에서 끌어내 내동댕이치는 대신 그녀의 목을 밟았다. 보석 반지 여자가 발밑에 깔린 그녀를 빼내어 어디론가 데려가지 않았다면…… 그러나 그날 밤 지옥 같은 고통 속에 있었던 것은 자신도 마찬가지였다고 그는 생각했다. 그녀가 다시는 돌아오지 않을 것 같았다. 모든 것이 끝장이었다.

그는 그녀가 입던 옷과 미처 신고 나가지 못해 마당을 나뒹굴던 신발에 불을 붙였다. 그녀가 남기고 간 것들을 껴안고 자신도 끝낼 생각이었다.

그는 주먹을 부르르 떨며 아들의 방을 서성이다가 의자에 털썩 주저앉아 두 손으로 얼굴을 감쌌다.

흐느낌으로 어깨가 들썩였다.

그녀의 옷과 신발 더미에서 불길이 치솟는 순간 그는 정신을 잃었고, 다시 깨어났을 때 그녀의 손길이 느껴졌다.

그녀가 그의 머리를 무릎에 올려놓고 울고 있었다.

어디선가 그을음 냄새가 났다.

그의 머리카락과 눈썹이 불에 타 모조리 오그라들어 있었지만, 그녀가 돌아와 젖은 수건으로 얼굴과 목의 그을음을 닦아주었다.

그러나 그가 아들의 손에 내던져지고, 보석 같은 딸에게 발길질을 한 후, 어디에서도 그녀를 찾을 수 없었다. 여자와 살림을 합칠 때까지 부대찌개 거리의 그녀 소식을 들을 수도 없었다.

그는 빈 술병을 들고 마시는 시늉을 하다가 아들의 침대에 기대앉았다. 문밖에서 그녀의 발소리가 들려올 것만 같았다.

'그렇지만 사랑이었어……'

'식당은 대체 어디에……'

그런 생각을 하며 그는 눈을 감았다.

*

아들이 운전하는 승용차가 골목 밖 천변을 지나 다리를 건넜다. 그는 머리에 쓰고 있던 털모자를 벗어 무릎에 올렸다. 승용차는 원조들이 모여 있는 부대찌개 거리도, 혹 이별하게 되면 만나기로 약속했던 미용실 앞 '진지'도 거쳐 가지 않았다.

장례식이 끝나고 그 도시의 외진 곳에 그녀를 묻고도 아들은 아내가 있는 신혼집으로 돌아가지 못했다. 아내를 이해할수 있었고 아내에게 잘못이 있었던 것도 아니고 아내를 사랑하지 않는 것도 아니었지만, 아내와 마주 보며 그날을 떠올리는 것만은 할 수 없을 것 같았다.

그들 셋이 마지막으로 본 그녀는 잠든 듯 고요했고, 미간을 주름지게 했던 것들이 사라진 푸르스름한 새벽의 얼굴이었다.

장례지도사가 그녀의 몸을 닦아주다가 손가락에서 금반지를 발견하고는 "어떻게 할까요?" 물었을 때, 아들과 딸은 아무 말 없이 서 있었다. 그가 한 걸음 앞으로 다가가 그녀의 몸에서 떨어져 나온 반지를 받았다. 무늬도 없고 보석 장식도 없는 단순한 모양의 금반지였다. 그는 그녀의 반지를 손에 꼭 쥐고 있다가 딸에게 건네주었다.

딸은 그날 그가 건네준 그녀의 반지를 끼고 이들이 운전하는 차의 조수석에 앉아 있고, 그는 다시 털모자를 썼다.

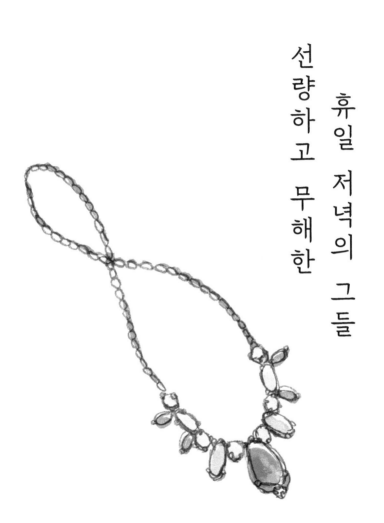

선량하고 무해한 휴일 저녁의 그들

대통령 선거가 있던 휴일 저녁에 수아가 남자 친구를 집에 데려와도 되겠냐고 물었다.

"아빠가 좋아할까? 아빠들이란……"

내가 우물쭈물하며 말하자, 수아는 술과 안주를 사가지고 남자 친구와 함께 오겠다며 밖으로 나갔다. 나는 수아 방 창문에 특별한 날을 위해 마련해둔 연분홍 꽃무늬 커튼을 달고, 거실에 수아 아빠와 나, 수아와 수아 동생 준이, 그리고 수아의 남자 친구가 앉을 자리와 테이블을 준비했다.

수아의 남자 친구가 고등학교 친구라고 했을 때, 나는 그 여름의 아이들을 떠올렸다.

고등학교에 입학하던 해 여름방학에 수아는 같은 반 친구들을 데리고 와서 마을 뒤 계곡에서 놀았다. 집에서 이 킬로미터쯤 떨어진 곳에 얕은 계곡과 수영장과 캠핑장이 있었다. 수아와 준이가 어릴 때 자주 가던 곳이었다. 계곡에서 물놀이를 하고 나서 수아 아빠가 대학생 때부터 가지고 있었다는 텐트를 치고 캠핑장에서 하룻밤을 보내곤 했는데, 그런 낡은 구식 텐트를 가지고 다니는 사람은 우리뿐이었다.

　수아의 친구들은 남자아이 셋, 여자아이 두 명이었다. 햇볕이 뜨거워서 물놀이 가기에는 좋은 날씨였다. 아이들이 다니던 학교는 신도시에 있었다. 그때만 해도 고교 비평준화 지역이어서 수아는 제법 우수한 성적으로 신도시에 있는 학교에 입학했다. 신도시로 학교에 다니게 된 수아는 가는 곳, 먹는 것, 입고 보는 것이 달라졌다. 아이들이 교복 위에 입고 다니는 옷이나 그들이 사는 고급 아파트와 정원이 있는 타운하우스 같은 것에 대해 말해줄 때 수아의 말투와 표정은, 그 애가 보았다는 새로운 세계만큼이나 낯설고 어색해 보였다.

　"시골집에 놀러 온 것 같았대요."

　친구들이 돌아가고 나서 수아가 말했다.

　신도시에서 놀러 온 아이들은 정말 신도시 아이들 같았다. 남자아이건 여자아이건 하얗게 빛나는 얼굴에 그늘이라곤 없는 밝은 모습이었다.

　수아와 친구들이 계곡으로 내려간 후 몇 시간쯤 지나 소나기가 내렸다. 아이들은 비를 흠뻑 맞고 집으로 돌아와 젖은 머리카락과 옷을 말린 뒤 라면을 끓여 먹었다. 다섯 명의 아이들은 성별을 구별할 수 없을 만큼 말투나 행동이 비슷해 보였고 서로 자연스럽게 어울렸다.

나는 안방으로 자리를 피해주며 주방 식탁과 수아 방에서 들려오는 시끌벅적한 소리에 귀를 기울였다. 수아의 목소리는 모두의 웃음소리를 합친 것보다 더 크게 느껴졌다.

"그때 그 남자애?"

그 여름방학에 유난히 해맑게 수아와 장난을 치던 소년을 생각해내고 내가 물었을 때 수아는 고개를 저으며, 지금의 남자 친구는 그 애의 친구인데 그날 계곡에 오지 않았다고 했다.

"우리가 얼마나 놀랐게요, 아줌마."

아이들이 조용해진 틈에 젖은 수건들을 세탁기에 넣고 그릇과 라면 봉지로 어지럽혀진 주방을 정리하고 있을 때, 소년이 수아 방에서 나와 식탁 의자에 앉으며 나에게 말을 걸었다.

수아가 뒤따라 나와 손으로 소년의 입을 막았다.

"우리 엄마는 그런 말 잘 한다니까⋯⋯"

두 아이의 말에 미소를 지으며 뒤를 돌아보니 소년이 수아의 손을 짓궂게 떼어내며 무슨 얘긴가를 더 하려 했다. 남자 아이치고는 희고 매끄러운 종아리가 물장구를 치듯 식탁 아래에서 퍼덕였다.

"그걸 제가 맨 처음 봤어요, 아줌마. 점심시간이었는데⋯⋯

수아는 교실에 없고…… 애들한테 그걸 보여주고 다 같이 수아를 찾아다녔어요."

마치 그 시간으로 돌아간 듯 소년의 얼굴에서 장난기가 사라지고 눈은 수아를 향했다. 여름방학이 시작되기 두 달 전쯤에 수아의 카카오스토리 글에 내가 남긴 댓글에 관한 이야기였다. 그날의 소동이라면 나도 알고 있는 일이었다. 아이들 때문에 불안하고 무서운 봄날이었다. 따돌림이나 학교 폭력으로, 성적 때문에, 짐작하거나 짐작하지 못할 어떤 이유로 누군가 옥상에서 뛰어내리던 시절이었다. 옥상은 폐쇄되었고, 학교에서는 '정서 행동 특성 검사' 같은 것을 진행했다. 검사 결과 우울감이 높은 학생들은 상담을 받아야 했다. 상담 대상에 들지는 않았으나 학교에서 통보해온 수아의 우울도는 비교적 높은 편이었다.

나는 매일같이 수아의 카카오스토리를 염탐하다가 그날은 '수아야, 사랑해' 하고 댓글을 남겼다. 그런 말이 그 무렵 아이들이 떠나며 남긴 말이었다는 걸 나는 미처 생각하지 못했지만, 그들 사이에서는 무슨 불길한 암시 같은 것이었다.

사랑한다는 말이 그들을 불안하게 했다.

점심시간이 끝날 때쯤 수아는 나에게 전화를 걸어, "엄마, 괜찮아?" 하고 물었다. 친구들이 수아를 찾으러 다니던 시간에 수아는 전날 화장실에서 몰래 꺼내 쓰다가 빼앗긴 고데기를 돌려받으러 교무실에 가 있었고, 고데기를 받아 들고 교실로 돌아가던 중 소년과 마주쳤다.

"그런 거 아냐. 우리 엄마는 그런 말 잘해."

수아는 아무 일도 아닐 거라고 웃으면서 말했지만, 소년의 불안한 재촉에 어쩔 수 없이 전화를 걸었다는 것이었다.

그 후로도 나는 수아의 카카오스토리에 농담 같은 댓글을 남기곤 했지만, 사랑한다는 말을 다시 쓴 적은 없었다.

몇 달 뒤 수아는 내가 짐작하거나 짐작할 수 없는 어떤 이유로 신도시에 있는 학교를 그만두었기 때문에 그 여름방학의 아이들이 내가 기억하는 수아의 마지막 고등학교 친구들이었다.

'신도시 아이의 친구라니, 그 애도 비슷한 아이였겠군.'

나는 수아와 수아의 고등학교 친구였다는 남자 친구와 투표를 마치고 외출한 수아 아빠를 기다리며 그들이 앉을 자리와 위치를 생각했다.

남자아이의 자리는 소파 왼쪽, 창가에 놓아둔 일인용 캠핑 의자였다.

준이가 방에서 나와 수아의 남자 친구에게 어색한 인사를 하고 다시 방으로 들어간 뒤 두 아이가 거실 소파에 나란히 앉았다. 얼마 지나지 않아 티브이에서 선거 출구조사 결과를 발표했다.

"오늘 아빠 기분이 나쁘진 않겠네."

수아가 티브이 방송에 주의를 기울이며 혼잣말을 했다.

수아의 남자 친구는 다리가 길고 어깨가 단단하고 몸집이 무척이나 좋은 아이였다. 키가 백칠십 센티나 되는 수아가 그 옆에서는 형편없이 작아 보일 정도였다. 그해 여름방학이었다면 희고 매끄러운 종아리를 가진 소년이었을 테고, 여자아이건 남자아이건 비슷해 보이던 아이 중 한 명이었을 것이다.

나는 수아와 남자 친구가 사 들고 온 음식을 접시에 옮겨 담아 테이블 위에 차려내느라 주방과 거실을 오가며 선거 방송을 힐끔거렸다. 후보 간의 격차는 그리 크지 않았다. 그래서 더 재미있는 저녁이 될 것 같았다. 수아가 그날 남자 친구를 데려오겠다고 한 것은 그 때문이었을지도 모른다. 선거가 있는 날, 어쩐지 들뜨고 기대에 부풀어 술렁이던 날들을 스물네 살 수아는 기억하고 있을 것이고, 그런 긍정적인 열기가 남자 친구와 가족이 처음 만나는 어색한 자리를 자연스럽게 할지도 모른다고 생각했을 것이다.

"이름이……"

나는 주방 가까운 곳에 놓아둔 일인용 의자에 앉아 수아의 남자 친구에게 부드럽게 말을 걸었지만, 마음속으로는 '수아 아빠가 들어오기 전에 저 아이를 캠핑 의자로 보내야 할 텐데……' 하고 생각했다.

둘은 지나치게 바싹 붙어 앉아 있었다.

"석이에요, 강석……"

수아가 석이 곁에서 조금 떨어져 앉으며 말했다.

"집은 어디야?"

내가 다시 묻자 수아는 석이가 대답할 틈을 주지도 않고, "아빠는 대체 언제쯤 들어올까?" 하며 딴소리를 했다.

다음날 수아가 머뭇거리며 했던 말에 의하면 석이네 집은 신도시에서 한참 떨어진 곳이었다.

준이나 수아처럼 석이도 신도시 아이는 아니었다.

그날 밤 수아 아빠는 뜻밖에 석이가 무척이나 마음에 드는 눈치였다. 수아가 기대했던 것처럼 출구조사 결과나 개표방송의 흐름이 너그러운 마음을 갖게 했을지도 모르지만, 꼭 그것 때문만은 아닌 듯 보였다.

개표가 시작된 지 얼마 되지 않아 수아 아빠가 현관 도어락을 열 때, 나는 소파에서 일어서는 석이에게 건너편 창가 자리로 가라는 눈짓을 보냈다.

수아와 수아 아빠는 소파에 나란히, 석이는 캠핑 의자에, 거실로 나온 준이는 소파 맞은편 자리에 티브이를 등지고, 나는 주방 가까운 쪽 의자에, 우리는 술과 음식이 차려진 테이블을 둘러싸고 앉았다.

"마셔라."

"고맙습니다."

"투표는 했니?"

"아빠, 여기 인증샷."

"받거라."

"네……"

"천천히 마셔도 돼."

"아슬아슬한데요?"

"걱정 없다. 준이 너도 받아라."

"천천히 마실게요."

"잔이 비었다."

"네, 죄송합니다."

"너도 받아라."

"여보, 천천히……"

수아 아빠는 수아와 준이와 석이의 술잔을 채워주며 석이와 잔을 부딪칠 때마다 단번에 다 마셔버렸다. 석이도 수아 아빠가 주는 대로 받아 남김없이 마셨다. 수아는 걱정스러운 표정으로 이따금 석이를 바라봤고, 석이는 괜찮다는 듯 수아에게 고개를 끄덕였다. 준이는 티브이 쪽으로 반쯤 몸을 돌려 개표방송을 보는 듯하다가 이내 휴대폰을 들여다보았다.

석이의 주량이 얼마나 되는지, 혹시 그 애나 수아 아빠가 취해서 서로 곤란한 모습을 보게 되는 것은 아닌지 신경이 쓰여, "천천히 마셔도 돼" 하고 석이 쪽으로 몸을 기울이며 내가 몇 번이나 말했지만, 그때마다 석이는 "고맙습니다" 하고는 수아 아빠의 속도를 따라 술잔을 비웠다.

"뒤집혔어요."

준이가 아빠의 눈치를 살피며 말했다.

"다시 뒤집힐 거다. 그렇지?"

수아 아빠가 술잔을 내밀며 석이를 바라보았다.

"네⋯⋯"

둘은 잔을 부딪쳤다.

"꼭 그런 건 아닐지도⋯⋯"

내가 무심히 그렇게 말하자 수아 아빠는 기분이 상한 듯 소파에서 일어나 화장실로 갔다.

'저렇게 휘청이는 다리로⋯⋯'

나는 그때, 그러니까 그 여름방학에 수아의 신도시 친구들이 계곡에 놀러 왔던 다음 날 밤의 모욕을 생각해냈다.

그날도 수아 아빠는 술에 취해 휘청였다.

대학에 다니던 시절, 그리고 그 후에도 후배들이나 친구들을 만나 술을 마실 때마다 수아 아빠는 끝까지 자신의 속도를 따라 마셔주는 사람을 가리고 편애했는데, 남자들 사이에서는 그런 식의 마초적인 기질을 보이곤 했으나 나에게는 그런 사람이 아니었다. 내가 하는 일 어떤 것도 간섭하거나 자신의 생각을 강요하지 않았고, 남자의 권위를 세우려는 억지스러운 말과 행동을 하지도 않았다.

그날 밤 우리는 평소와 달리 길게 말다툼을 했다.

밖에서 무슨 일이 있었던 것인지 수아 아빠는 불쾌한 얼굴로 집으로 돌아와 아이들의 방문에 대고 잔소리를 했다. 아빠가 취해서 들어오자 준이와 수아는 각자 제 방에 들어가 밖으로 나오지 않았다.

"아빠가 왔는데 내다보지도 않고……"

"술을 마시고 왔으면 점잖게 자야지."

"지금 술이 문제라는 거야?"

"할 말이 있으면 술을 마시지 말고……"

"그러니까 술이 문제냐고!"

"그런 말이 아니잖아요!"

"당신이 그러니까 애들이…… 아빠가 왔는데……"

하나 마나 한 얘기로 서로 언성을 높이는 동안 수아 아빠는 점점 더 기분이 나빠졌고, 그러다가 소파에서 벌떡 일어나 화장실로 갔다. 곧 넘어질 듯 다리를 비틀거리며. 전날 소나기가 지나간 후 다시 햇볕이 뜨겁게 쏟아지고 열대야가 왔다. 집 안은 몹시 끈적이고 무더웠다. 나는 안방으로 들어가서 지갑을 챙겨 나왔다. 바깥 공기를 쐬며 잠시 시간을 보내다가 준이와 수아에게 줄 탄산음료와 우유를 사가지고 돌아올 생각이었다.

그러나 눈 깜짝할 사이에, 화장실 앞에 서 있는 수아 아빠 말고는 어떤 방해물도 없던 현관 앞에서, 나는 앞으로 고꾸라져버렸다. 순식간의 일이었지만 발목에 무언가 걸리는 느낌이었다. 바닥에 넘어진 채로 고개를 돌려 위를 올려다보니 수아 아빠가 들고 있던 한쪽 다리를 내리고 뒤돌아 안방으로 들어갔다. 다리는 여전히 휘청이고 있었지만, 술기운에 불그스름해진 얼굴에서 의기양양한 표정을 본 것도 같았다.

수아 아빠가 기억하든 기억하지 못하든, 술에 취해서였든 얼마간 악의적인 행동이었든, 그의 몸이 내 몸을 그토록 무방비하게 쓰러뜨릴 수 있다는 것은 상상해본 적이 없는 일이었다.

그것은 폭력이라기보다는 모욕에 가까웠다.

차라리 손으로 머리통이나 얼굴을 한 방 날렸다면 나도 달려들거나, 피하거나, 살다가 한두 번쯤은 있을 법한 심각한 부부싸움 정도로 생각하고 말았을지도 모르지만, 그럴 수 있는 일은 아니었다.

고작 술에 취한 남자의 한쪽 다리에 걸려, 그가 큰 힘을 들이지도 않고 가볍게 걸었던 발에 내 온몸이 우스꽝스럽게 나뒹굴었다는 것을 나는 어떻게 생각해야 할지 알 수 없었다.

"그 애가 거친 행동을 하면 당장 그만둬야 해."

나는 이따금 수아의 연애 상대에 관해 그런 말을 했는데, 그때마다 수아는 어이가 없다는 듯 "얼마나 잘해주는데. 그런 애 아냐" 하며 눈을 흘겼고, 그러면 나는 "그래, 그래……" 하고 물러섰지만, 그런 애는 아니더라도 그럴 힘은 있을 거라고 생각했다.

매우 적은 표차로 두 후보가 아슬아슬하게 엎치락뒤치락하다가 한 후보가 점점 앞서갈 즈음에 수아 아빠가 먼저 안방으로 들어갔고, 아빠가 들어가자 준이도 자리에서 일어섰다. 나와 수아와 석이 셋이서 남은 맥주를 마시며 개표방송을 좀 더 보다가 석이가 일어나야 할 즈음에 내가 말했다.

"주말에 캠핑 갈까? 석이도 같이."

*

낡은 구식 텐트를 버리고 작고 가벼운 텐트를 새로 장만했지만, 수아가 고등학교에 가고 준이가 중학생이 된 이후에 우리는 캠핑을 하러 간 적이 없었다. 주황색 인디언 텐트에 따뜻한 불빛의 전구를 걸면 얼마나 예쁜 밤이 될지 보여주고 싶었던 내 마음과는 달리, 수아도 준이도 수아 아빠도 그런 것에는 관심을 보이지 않았다.

주말 아침이 되자 수아는 몹시 기분이 좋아 보였고, 준이와 수아 아빠도 순순히 캠핑장에 따라갈 준비를 했다. 수아 아빠는 한 번도 펼치지 못하고 몇 년 동안 베란다 구석에 놓아둔 텐트와 접이식 나무 테이블을 꺼내 자동차에 실었다. 준이는 캠핑 의자 네 개를 양손에 나눠 들고 아빠를 따라 나갔다. 수아는 석이를 만나 고기와 술을 사 오겠다며 버스를 타고 시내로 갔다. 나는 담요와 일회용품과 고기에 곁들여 먹을 김치와 채소를 챙기고, 수아가 미리 주문해 배송받은 캠핑용품을 풀어보았다. 인디언 텐트에 어울리는 손뜨개 가랜드, 바나나 모양의 야외용 줄전구, 호리병처럼 생긴 엘이디 랜턴 등 전부

장식용 물품들이었다. 크고 낡은 구식 텐트를 가지고 다닐 때 나는 어린 준이와 수아의 손을 잡고 들꽃을 꺾어다가 텐트에 매달곤 했었다.

아직 꽃도 피지 않은 이른 봄이라 날씨가 쌀쌀할까 걱정했지만, 바람조차 훈훈한 휴일이었다.

"새벽에 비 소식이 있다는데?"

가지고 갈 물건들을 모두 자동차 트렁크에 싣고 와서 수아 아빠가 말했다. 우리는 캠핑장에서 저녁을 먹고 불을 피우며 놀다가 수아와 석이만 남겨두고 돌아올 계획이었다.

"새 텐트가 있는데 별일이야 있을라구."

나로서는 빗물이 텐트에 흘러들어 곤란을 겪는 것보다 그곳에 두 아이만 남겨두어야 하는 것에 더 마음이 쓰였으나, 아이들은 이미 그럴 만한 나이가 되었으니 말릴 수는 없는 노릇이었다.

택시를 타고 집 근처에 거의 다 왔다는 수아의 전화를 받고서 우리는 주차장으로 나갔다. 석이는 먹을거리가 가득 들어 있는 비닐봉지를 양손에 들고 있었고, 수아는 몸집이 아주 작은 강아지를 품 안에 안고 있었다.

"초코칩이야."

수아가 빙그레 웃으며 "초코칩!" 하고 강아지의 이름을 불렀다. 석이가 독립해 살고 있는 원룸에서 키우는 강아지라고 했는데, 수아의 품에 찰싹 안겨 있는 모습이 한두 번 보고 이루어진 애착은 아닌 것 같았다.

캠핑장은 잘 정돈되어 쾌적한 느낌이었고, 그사이 애견 캠핑장으로 바뀌어 있었다. 구획을 따라 나란히 세워진 예쁘고 다양한 종류의 텐트만큼이나 한눈에 보기에도 잘 돌보아진 듯한 갖가지 품종의 개들이 주인이 잡은 목줄에 묶여 캠핑장 안을 거닐고 있었다.

"이쪽을 잡아라."

"네."

"그래, 잘했다."

"폴대가 없는데요?"

"원래 없는 텐트 같다."

"아, 네……"

"그쪽에 펙을 박아라."

"알겠습니다."

"그래, 고맙다."

수아 아빠와 석이가 단순하지만 친근하게 느껴지는 말을 주고받으며 텐트를 치고 있는 동안 수아는 초콜릿처럼 짙은 갈색의 작은 강아지를 애지중지 안고 있었고, 텐트가 육각형 모양으로 반듯하게 자리를 잡자 안으로 들어가 발랑 드러누웠다. 초코칩도 함께.

"너도 들어와봐."

수아가 석이에게 손짓을 했다.

석이는 수아를 바라보며 쭈뼛거리다가 내가 눈짓을 보내자 안으로 들어가 수아 옆에 엎드렸다.

두 아이가 음악을 틀고 휴대폰을 만지작거리며 놀고 있는 동안 나는 아이들이 있는 텐트 주변을 서성이며 지붕에 가랜드와 줄전구를 매달았다. 준이는 어디로 간 건지 나타나지 않았다. 열린 텐트 입구로 수아와 석이의 가지런한 다리가 보였다. 석이의 다리는 그 여름 식탁 아래에서 발장난을 치던 소년의 희고 매끄러운 종아리 같지 않았지만, 수아의 다리는 여전히 그때처럼 가냘팠다.

그의 몸, 크고 단단한 그의 몸은 얼마나 믿음직스러웠나. 한 품에 안아주던 연인의 두 팔은 얼마나 따스하고 든든했나. 그와 함께 걷던 밤길은 또 얼마나 안전하게 느껴졌나.

사랑하는 사람의 몸은 부드럽고 따스한 애정으로 가득할 것이고, 수아와 석이 역시 봄날의 행복한 연인일 것이다. 그러나 석이 옆에서는 너무 작고 연약해 보이는 수아가 나는 어쩐지 위태롭게만 느껴졌다.

날이 저물어 올 때 줄전구를 켰다. 완전한 어둠 속에서처럼 환하게 빛나지는 않았지만, 초저녁의 뿌연 가로등 같은 불빛이 주황색 텐트를 더 아름다워 보이게 했다.

"와, 예쁘다!"

불이 켜지자 수아가 텐트 안에서 탄성을 냈다.

수아 아빠는 화로를 빌려와 장작불을 피웠다. 조금 떨어진 산비탈에서 준이가 내려오는 모습이 보였다. 그 무엇에도 위협이 되지 않을 것 같은 사랑스러운 아들이었다. 그런 준이와, 작고 연약한 강아지를 안고 텐트 밖으로 나온 수아와, 수아 곁의 석이와, 고기와 마시멜로를 구워 세 아이에게 골고루 나눠주는 수아 아빠.

그날 저녁, 우리는 서로에게 더없이 선량하고 무해했다.

*

해가 저물어도 날이 흐리거나 차가워지지 않았다. 하늘은 여전히 맑아서 비가 올 것 같지도 않았다. 나는 밤이 되어 줄전구의 불빛이 더 또렷하게 빛나는 것을 보고 싶었고, 아이들 곁에 더 오래 있고 싶었지만, 수아 아빠는 서둘러 남은 음식과 쓰레기를 정리하고 집으로 돌아갈 준비를 했다. 차를 출발시키기 전에는 비가 오면 곧바로 데리러 오겠다고 수아를 안심시켰고, "잘들 놀거라." 신뢰를 주는 눈빛으로 석이를 바라보며 말했다.

"아이가 마음에 드나 봐?"

자동차가 계곡 옆길을 지날 때 내가 창문을 내리며 수아 아빠에게 물었다. 물비린내와 눅눅한 공기가 창문을 넘어 들어왔다. 어둑어둑한 계곡은 예전보다 폭이 좁고 얕아 보였다. 고인 물 위에 무언가 둥둥 떠다니고 있었다. 여름이 되어도 동네 아이들이 계곡에 들어가 물놀이를 할 수는 없을 것 같았다.

"주는 대로 다 마시더라고, 술을…… 요즘 아이들 생긴 것 같지 않게 남자답고 건강해 보이잖아. 준이 네 생각은 어떠냐?"

수아 아빠가 그렇게 말하며 뒷자리에 있는 준이를 힐끔 돌아봤다.

"나쁘지는 않아요."

준이가 무심하게 대답했다.

집으로 돌아오자마자 나는 휴대폰을 열어 수아에게 메시지를 보냈다.

무슨 일이 생기면 빨리 연락해야 해, 수아야.

수아 아빠는 거실 소파에 앉아 티브이를 켰다. 선거 결과를 분석하는 토론 방송이었다. 선거가 끝난 다음 날부터 수아 아빠는 저녁마다 비슷한 방송을 보며 수아와 준이와 나에게 같은 말을 반복했다.

"너는 몇 번을 찍었니?"

성별, 연령대별 투표 결과 데이터 화면이 나오자 수아 아빠가 준이에게 물었다.

"어제도 물어보셨잖아요."

준이가 빙그레 웃으며 대꾸했다.

"그랬나? 당신은 누굴 찍었어?"

수아 아빠가 내 쪽을 돌아보았다.

"알면서 뭘 물어."

내가 눈을 흘기며 그렇게 대답하자, "수아랑 석이는 어디에 투표했을까……" 하고 혼잣말을 했다.

"비는 언제 오려나."

나는 수아 아빠와 티브이 사이를 가로질러 베란다 창가로 가서 밖을 내다보았다. 베란다는 캠핑장 쪽을 향한 위치였다.

엄마, 아빠, 그리고 준이도, 모두 고마웠어요. 석이에게 잘 해줘서……

수아에게서 답장이 왔다.

"비가 오려면 빨리 오는 게……"

수아의 메시지를 읽고 나서 계곡 쪽을 바라보며 내가 중얼 거리자, "안 오면 더 좋지." 수아 아빠가 말했다.

어두워진 창밖 멀리서 약한 바람이 불어오는 듯했지만, 수 아 아빠가 티브이를 끄고 방으로 들어가고, 자정이 넘어서까 지 컴퓨터 소리가 들려오던 준이 방이 조용해진 후 거실 소파 에서 잠이 들었다가 바람 소리에 깨어날 때까지 비는 내리지 않았다.

소파에서 눈을 떴을 땐 동이 트기 전 새벽이었다.

아이들은 자고 있을까. 장작불은 완전히 끄고 자나? 춥지 는 않을까. 그럴까 봐 전기요를 깔아주고 왔는데. 비가 와서 젖으면 위험한 일이 생길지도 모르잖아. 빗물이 텐트 안으로 스며드는 것도 모르고 두 아이가 깊이 잠들어 있으면 어쩌지.

우리가 돌아오고 나서 석이가 술을 많이 마신 건 아니겠지? 술을 많이 마셔도 석이는 문제가 없을까. 수아와 석이는 그동안 아무 문제가 없었던 걸까. 혹시 수아가 나에게 뭘 감추고 있는 건 아니겠지? 시절이…… 무서운 일도…… 전화를 걸어볼까……

나는 석이의 강아지 초코칩을 안고 있던 수아의 가느다란 팔, 나무 밑동처럼 단단해 보이는 석이의 종아리, 그 여름밤, 내 발목에 닿던 수아 아빠의 한쪽 다리, 그리고…… 푸른 혈관이 내비치는 젊은 남자의 팔을 떠올리며 수아에게 메시지를 썼다.

수아, 자니?

한참을 지나도 수아는 메시지를 확인하지 않았다. 바람이 점점 거세게 불어와 창문을 흔들어댔지만, 빗소리는 여전히 들리지 않았다.

은주야, 은주 자니……

꿈이었을지도 모른다.

엄마가 부르는 것 같았는데 엄마의 목소리 같지 않았다. 엄마는 그렇게 작고 연약한 소리로 나를 부르지 않는다. 엄마는 팔뚝도 굵고 엉덩이도 크고 힘도 세고, 목소리는 크고 활달했다. 동네 어떤 아줌마들보다 더. 아빠보다도 더. 아빠와 말다툼을 해도 엄마는 지지 않는다.

엄마만큼 일을 척척 잘하는 사람도 없어서 아줌마들에게

인기도 많았다. 나는 그런 엄마가 크고 힘센 코끼리나 키가 큰 기린 같다고 생각했다.

그날도 꿈이라고 생각했다.

열 살의 잠과 꿈은 깊고 엉뚱하니까.

은주, 자니?

엄마의 목소리였다. 옆에서는 동생의 숨소리가 났다. 동생은 나보다 두 살이나 어려서 아무 소리도 듣지 못하고 깊이 잠든 것 같았다. 마당 쪽 깜깜한 창호 문에 나무 그림자가 어른거려 귀신이라도 나올 듯 오싹한 밤이었다. 동생의 손을 꼭 잡아보았지만, 그 애는 다른 세계에 있는 것처럼 꼼짝도 하지 않았다.

마루 쪽 유리문에 불빛이 희미하게 번져 있었고, 불빛을 따라 이상한 소리가 새어들었다. 작은 강아지가 낑낑대는 소리 같았다. 나는 꿈속을 걷듯 문지방 앞으로 다가가서 유리문을 열었다. 그때 내 눈에 들어온 것은 강아지도 엄마도 아니었다. 아빠가 노래를 흥얼거리며 팝송을 듣던 은색 전축도, 접시와 그릇들과 엄마의 보물들이 잔뜩 들어 있는 장식장도, 크고 붉은 작약이 그려진 분홍색 옥스퍼드 커튼도 아니었다.

엄마보다 더 연약해 보였던 팔뚝.

푸른 힘줄이 투명하게 비치는 아빠의 팔이 그 모든 것들을 조각내듯 나의 눈앞을 가로막고 있었다.

다음 날 일요일 아침에 아빠는 나와 동생과 옆집 아이 창래를 데리고 창경원엘 갔다. 창래 엄마가 김밥을 싸주었다. 아빠는 김밥과 물통을 넣은 배낭을 어깨에 메고 카메라를 목에 걸고 양손에 동생과 창래의 손을 잡았다. 창경원을 가득 채운 나무들에 연분홍색 작은 꽃들이 솜사탕처럼 부풀어 있었다. 모두 그 나무가 그 나무 같고, 그 길이 그 길 같았다.

발 디딜 틈 없이 몰려드는 사람들을 따라 아빠의 뒤에 바싹 붙어 걸었지만, 자꾸만 뒤로 멀어지는 기분이었다.

아빠를 잃어버린 것은 대관람차가 있는 곳 어디쯤에서였다.

어쩌면 코끼리 사육장 앞에서부터.

머리 위에 케이블카가 지나다니는 잔디밭에 앉아 김밥을 먹고 홍학 무리를 몰고 다니는 조련사 옆에서 사진을 찍고 연못에서 보트를 타고 난 뒤, 동생과 창래는 대관람차와 회전목마를 타러 가고 싶다고 했지만 나는 동물원에 가서 코끼리를 보고 싶었다.

아빠는 먼저 코끼리 사육장으로 우리를 데려갔다.

사육장 안에 코끼리 두 마리가 있었다. 몸집도 생김새도 비슷해서 어느 쪽이 암컷인지, 수컷은 어느 쪽인지 구별이 되지 않았다. 코끼리들은 서로 엇갈리며 오락가락하다가 이따금 긴 코를 들고 커다란 귀를 펄럭이며 괴상한 소리를 냈다. 사람들이 구름처럼 모여들었다. 아이들이 호루라기를 불어대며 과자 봉지를 집어 던졌다. 동생과 창래는 놀이기구를 타러 가자고 졸라댔다.

"은주야, 금방 갔다 올게. 여기 꼼짝 말고 있어. 너 코끼리 좋아하지? 꼭 여기 있어야 해. 코끼리 앞에."

아빠가 두 아이를 데리고 대관람차 쪽으로 사라진 뒤 나는 사육장 앞에 서 있었다. 코끼리 한 마리가 앞으로 다가서자, 사람들이 우우 함성을 지르며 팔을 뻗어 과자를 던졌다. 수많은 팔뚝이 코끼리를 향했다. 코끼리의 커다란 귀와 다리와 엉덩이로.

엄마의 얼굴은 아빠의 팔뚝에 가려 보이지 않았다. 푸른 정맥이 비치는 아빠의 팔뚝 뒤에서 신음이 들려왔다. 아빠의 손이 엄마의 머리카락을 움켜쥐고 있었다. 엄마의 힘센 팔과 커다란 엉덩이와 크고 활달한 목소리는 아빠의 하얀 팔뚝에 짓눌려 마루에 널브러져 있었다.

엄마의 힘에 대한, 그리고 아빠의 연약함에 대한 내 믿음은 그 순간 부서지고 사라져버렸다.

힘센 코끼리라고 믿었고 키가 큰 기린이라고 생각했던 엄마가 고작 아빠처럼 왜소한 남자의 팔에 꼼짝없이 쓰러져버리다니.

더는 코끼리를 보고 싶지 않았다.

멀리서 대관람차가 태양처럼 큰 원을 그리며 천천히 돌아가고 있었다. 거대한 수레바퀴 같았다. 그쪽만 보고 걸으면 아빠와 동생과 창래를 만날 수 있을 것 같았다.

누렇게 불어오는 흙바람과 따갑게 쏟아지는 햇살과 어깨를 부딪치며 몰려드는 사람들을 뚫고 나는 코끼리 사육장을 빠져나갔다.

연못이 내려다보이는 곳, 이름 모를 붉은 꽃이 핀 나무 아래에서 아빠를 만났다. 연한 코발트 빛 하늘에 노을이 겹쳐 드는 시간이었다. 차례를 기다리며 대관람차를 둘러싸고 있는 사람들 속에서 나는 동생도, 창래도, 아빠도 찾을 수 없었다. 코끼리 사육장은 흔적도 없이 사라져버린 듯 보이지 않았다.

아빠의 얼굴은 땀에 젖어 붉게 얼룩졌고, 햇볕에 그을린 팔뚝에는 여전히 푸른 힘줄이 꿈틀댔다.

"은주야!"

아빠가 나를 와락 꺼안았다. 나는 아빠의 팔에서 느껴지는 안심과 사랑을 믿지 않았다. 아빠의 팔에 숨겨진 또 다른 힘을 나는 알고 있었다.

비가 후드득 떨어지는 소리와 거의 동시에 수아의 메시지가 왔다.

엄마, 살려줘!

수아에게 무슨 일이 생겼나?

가슴이 쿵쾅거렸다.

왜…… 왜…… 왜 그래……

메시지를 쓰다가 수아의 전화번호로 통화 버튼을 눌렀다.

"수아야!"

그러나 수아는 장난을 치듯 능청스러운 목소리로, 비가 쏟아져서 텐트 안이 물바다가 되었다고, 헤엄을 칠 수도 있겠다고, 어릴 때 물놀이를 하던 베란다 에어 풀장 같다고 너스레를 떨었다.

"석이…… 석이는?"

나는 다급하게 안방으로 들어가 잠든 수아 아빠를 흔들어 깨우며 수아에게 물었다. 석이는 수아 몸에 담요를 감싸주고 비에 젖은 물건들을 정리하고 있다고 했다.

"우리 석이 참 착하지?"

사랑스럽고 침착한 목소리였다.

"그래, 그래…… 그래도……"

빗소리를 듣고 수아 아빠가 벌떡 일어나 옷을 챙겨 입었다.

"아빠가 금방 갈게. 거기 꼼짝 말고 있어."

수아 아빠가 내 손에서 휴대폰을 빼앗듯 가져가서는 수아에게 말했다.

"아빠, 사랑해."

휴대폰에서 수아의 목소리가 들려왔다.

언젠가, 그들 사이에서 무서운 일이 일어나던 봄날에, 아이들을 불안하게 했던 그 말의 의미를 나는 이해할 수 있을 것만 같았다.

수아 아빠는 마른 담요와 수건을 챙겨 들고 서둘러 밖으로 나갔다.

나는 수아 방으로 들어가 아이가 돌아오면 갈아입을 속옷과 잠옷을 침대에 올려놓았다. 특별한 날을 위해 걸었던 수아 방 연분홍 꽃무늬 커튼에 희뿌연 새벽빛이 스몄다. 옆방에는 스물한 살 준이가 무해한 얼굴로 잠들어 있었다.

수아 아빠는 비가 내리는 계곡 옆길을 지나, 내가 걱정하지 않아도 될 만큼 안전하게 두 아이를 집으로 데려올 것이다. 동이 트고 일요일 아침이 되면 티브이에서는 줄곧 새 정부의 미래를 예측하는 방송이 흘러나올 것이고, 우리는 각자의 자리에서 편안한 주말을 맞게 될 것이다.

창경궁에서 보낸 어느 봄날의 휴일처럼.

나는 고인 눈물이다

어머니의 여든번째 생일날 준이가 돌아왔고, 어머니는 요양원으로 떠났다.

석 달 전 겨울에 준이가 기숙학원으로 들어간 후 우리는 어머니를 집으로 모셔왔다. 준이의 방은 안 된다는 눈치를 줄 틈도 없이 준이 아빠가 준이 방에 짐을 풀었다.

어머니는 바닥에 깔아드린 이불 위로 올라가 두툼한 쿠션에 기대앉았다. 요양원으로 가기 전까지 그렇게 앉은 채로 잠을 잤다. 몸에 마비와 통증이 오면 혼자서 일어날 수 없기 때문에 늘 앉아서 주무셨다고 했다. 이제는 편히 누우시라고 해도 눕지 못했다. 구부러진 등이 아파서 누울 수 없다고 했는데, 오래전에 어머니를 처음 만났을 때도 등이 굽어 있었다.

그때의 어머니는 지금의 나와 준이 아빠보다 젊은 나이였다.

준이 아빠와 내가 연애를 한 지 일 년쯤 지난 봄날에 어머니가 서울 변두리에서 우리가 다니는 지방의 학교까지 버스를 타고 왔다. 서울 변두리 다세대주택 지하 단칸방은 준이 아빠가 살던 곳이었다. 준이 아빠와 내가 결혼을 한 후에는 어머니 혼자 지냈고, 혼자서는 살아갈 수 없게 되어서야 우리 집으로 오셨다. 엄밀히 말하면 요양원으로 가기 전까지 얼마동안 머무는 것이었다.

토요일이었던 어머니의 여든번째 생일날 아침에 준이 아빠가 휠체어를 꺼냈다. 주말이면 준이 아빠는 어머니를 휠체어에 태워 마을 저수지 둑으로 산책을 나갔다. 눈이 내려 미끄럽고 바람이 차가워서 두 사람의 얼굴이 새파랗게 얼어붙은 날도 있었지만, 저수지 제방과 물 위로 햇빛이 환하게 내려앉는 곳이었다.

나는 오래전에 준이가 쓰던 모자를 꺼내 어머니의 머리에 씌워드렸다. 털실로 방울을 만들어 붙인 어린아이의 모자였지만 준이가 쓰던 것이라고 하니 어머니는 준이 아빠 어릴 때 낡은 스웨터를 풀어서 떠준 모자와 똑같다며 무척이나 즐거워했다. 모자가 어찌나 따뜻한지 저수지 바람에도 춥지 않을 것 같다고 했다.

아침 식사를 마친 후 준이의 모자를 쓰고 준이 아빠를 따라 나서던 어머니가 한순간 깊고 서늘해진 무언가를 물끄러미 내려다보았다.

"저 아래 머우가 올라오는구나."

식탁 아래 그늘진 곳에서 햇살이 어른거렸다.

어머니는 산자락이나 밭둑에 어린 머윗잎이 올라오는 어느 봄날로 돌아간 것 같았다. 벽에 비친 그림자가 한낮의 푸성귀 이파리처럼 흔들렸다. 어머니의 두 눈이 먹이를 발견한 생쥐처럼 검게 빛났다. 마비와 통증으로 떨리는 팔다리와 휘어진 등은 어느 시절의 몸으로도 돌아갈 수 없겠지만, 눈빛만은 한참 먼 곳의 젊은 어머니 같았다.

준이 아빠가 큰 소리로 "어머니!" 하고 불렀다.

"저 머우 좀 봐라, 선이야……"

어머니가 준이 아빠를 돌아보며, 연한 '머우잎'으로 전을 만들어 못골 사람들과 나눠 먹자고 '선이'에게 말했다. 선이는 어릴 때 앓다가 죽은 준이 아빠의 여동생이었다. 못골은 준이 아빠가 자란 곳이었다. 충주댐이 생긴 후 '아랫마을'이 수몰되어 그곳에서 이주한 사람들이 '못골'에서 살았다는 이야기를 들은 적이 있었다. 오랜 연애 끝에 결혼식을 하러 준이 아빠의 고향에 간 그해 초여름날, 수몰된 구시가지 어디쯤에 자신이 태어난 집과 초등학교 자리가 있을 거라고 준이 아빠가 말했다. 새로 가꾸어진 강가의 신시가지는 넓고 깨끗했지만, 거리에 사람들은 많지 않았다. 버스가 중앙고속도로 톨

게이트를 지날 때 멀리서 보이던 회색 시멘트 공장이 거의 유일한 일자리여서 젊은 사람들은 대개 고향을 떠났다고 했다. 나이 든 친지들은 그곳에 남아 있었으나 준이 아빠가 대학에 입학해 고향을 떠나자 어머니도 아들을 따라 서울로 갔다.

서울에는 젊었던 어머니가 할 수 있는 청소일이 어디에나 있어서, 준이 아빠가 학교에 다니고 군대에 다녀오고 어느 시기 수배를 당해 나조차 모르는 곳으로 잠적했을 때도 어머니는 청소일을 하며 아들을 기다렸다.

"오늘 백 살이 되었으니까 머우전 백 장을 부치자. 백 장이면 되겠다, 선이야."

어머니가 식탁 아래 봄날의 밭둑에 쪼그려 앉아 머위를 뜯으며 어린 선이에게 속삭였다.

준이 아빠와 어머니가 마지막으로 저수지 근처 환한 곳을 산책하는 동안, 나는 마트에 가서 머윗잎을 샀다. 머위전 백 장을 다 만들 수는 없어서 크고 넓적하게 부친 전을 백 개의 조각으로 잘라 어머니가 기억하고 있는 사십여 년 전 못골 사람들의 이름만큼 접시에 나눠 담았다.

정오가 지날 무렵에 준이 아빠가 준이 방에서 짐을 들고 나왔고, 어머니는 준이의 모자를 쓰고 준이 아빠를 따라나섰다.

요양원으로 떠나실 시간이었다.

"천장에서 밤새도록 눈이 쏟아져 내리더라. 그래서 내 머리가 이렇게 하얗게 세었구나. 일하고 와서 준이 방 천장을 고쳐줘야겠다."

현관 앞에서 어머니가 준이 방을 돌아보며 말했다.

집 앞 골목길에 드문드문 눈이 쌓였고 아직은 바람도 차가웠지만, 날짜를 헤아려보니 머위 순이 올라올 계절이 가까워지고 있었다.

자동차가 동네를 벗어날 때 어머니의 손발이 굳어지며 정신없이 떨렸다.

준이 아빠는 저수지 쪽으로 차를 돌려 천천히 방죽을 따라갔다.

"어머니, 내가 누구예요?"

준이 아빠가 룸미러로 뒷자리를 바라보며 물었다.

"너는 내 아들이지……"

어머니가 여든 살 노인의 떨리는 목소리로 대답했다.

기숙학원 본관 유리문 안에서 준이의 모습이 보였다. 폐교된 초등학교를 재수 기숙학원으로 사용하는 곳이었다. 준이는 석 달 전에 입고 들어간 겨울 야상을 걸치고 있었다. 준이 또래 아이들이 이층 기숙사에서 창문을 열고 밖을 내다보다가 나와 눈이 마주치자 수줍게 몸을 숨겼다.

한 달에 한 번 아이들이 귀가하는 날이었다.

운동장에서 기다리는 부모들에게 손을 흔드는 아이들과 미처 접지도 못한 문제집과 노트를 한쪽 팔에 끼고 캐리어 가방을 끌고 나오는 아이들과 자신의 아이를 알아보고 달려가 안아주며 머리를 쓰다듬는 사람들 속으로 준이가 유리문을 밀고 밖으로 나왔다.

준이는 가방을 메지도 않았고 노트나 휴대폰을 들고 있지도 않았다. 나는 준이를 바라보았지만 준이의 시선을 찾지 못했다. 준이의 마음과 시선이 가장 아끼고 좋아하는 카키색 겨울 야상 깊숙이 숨어든 것 같았다. 지퍼가 열린 야상 안에서 낯선 기숙학원의 유니폼과 이름표가 보였다.

나는 준이의 얼굴을 한번 쓰다듬고 아래를 내려다보았다. 준이의 불그스름한 맨발이 진회색 추리닝 바지 밖에서 떨고 있었다. 곧 겨울이 물러나겠지만 기숙사 바깥 화단에는 잔설이 얼어붙어 있었다. 수백만 개의 발이 눈앞에 있어도 찾아낼 수 있을 것만 같은 아이의 두 발이 삼색 슬리퍼 안에서 어디로도 움직이지 못했다.

"괜찮아, 준이야⋯⋯"

내가 말하자, 준이의 눈에 금방 눈물이 고였다.

전화기 저편에서 그랬던 것처럼 그 순간 준이가 부를 수 있는 이름과 준이를 집으로 데려갈 수 있는 사람은 나뿐이었다.

어머니를 요양원에 모셔드린 후 준이 아빠는 서울 변두리 어머니가 살던 방으로 갔고, 나는 집으로 돌아가 준이 방 청소를 하고 있었다. 이불을 걷어내고 창문을 활짝 열고 방향제를 뿌렸다. 준이 아빠도 지하 단칸방, 지상에 절반쯤 걸친 낮은 창문을 열고 오래 고여 있던 어머니와의 시간을 털어내고 있을지도 몰랐다.

"일 끝나고 갈 테니 먼저들 가 있거라."

준이 아빠와 내가 요양원 밖으로 나올 때 어머니가 유리창 안에서 손을 흔들었다. 어머니는 바닥과 엘리베이터와 계단에 왁스를 발라 반질반질하게 윤을 내며 청소를 하던 어느 건물 안으로 돌아가 있었다.

여든 살 가까운 나이에 그 일을 그만두어야 했을 때, 마지막 청소를 마치고 집으로 돌아간 날, 어머니는 나에게 전화를 걸어 인생이 끝난 것 같았다고 했다. 준이 용돈을 줄 수도 없고 시아버지 제삿날 돈을 보태줄 수도 없게 되었다고. 홀로 준이 아빠를 돌보던 무수한 날들도 떠올렸을 것이다.

시켜만 주면 일할 수 있는데 이렇게 매정할 수가 있냐며, 몇 년 전 파킨슨병 진단을 받고서 하필이면 팔다리에 몹쓸 병을 주었냐고 하던 그때처럼, 어머니는 매정한 것들에 슬퍼하고 낙담했다.

어머니가 말하는 '매정'은 병든 몸으로도 지켜온 노동에 관한, 어쩌면 그것으로 지켜오던 것을 끊어내야 하는 마음이었을지도 모른다.

밤새 눈이 쏟아져 내려 머리카락을 하얗게 세게 했다는 준이 방 천장에 어느 해 장마로 새어든 빗물의 얼룩이 남아 있었다.

저 얼룩이 마음에 쓰여 어머니는 밤새 이마와 머리에 차가
운 눈을 맞았던 걸까.

청소를 하고 나서 휴대폰에 남아 있는 부재중 전화를 확인
할 때 같은 번호에서 전화가 걸려왔다.

"……엄마."

준이가 더듬거리며 나를 불렀다.

귀가하기 전까지 기숙학원에서는 휴대폰을 가지고 있을 수
없었다. 그곳에 있는 아이들이 외부와 연락을 할 수 있는 수
단은 아무것도 없었다. 서로 눈을 마주치거나 이야기를 나누
는 것도 금지되었다. 준이가 학원 전화기로 전화를 한 것은
꼭 그렇게 해야만 할 사정이 생겼다는 뜻이었다.

나도 아이의 이름을 불렀다.

"응, 준이야."

준이가 더 하지 못하는 말을 나는 알아들을 수 있을 것 같
았다.

석 달 전에 준이를 데려다주던 방향으로 내비게이션의 안
내를 따라가니 자동차가 요양원 앞을 지났다. 어머니를 요양
원에 모시고 갈 때는 그 길이 준이가 있는 곳에 닿아 있다는
것을 알아채지 못했다.

일하고 돌아와서 준이 방 천장을 고쳐주겠다던, 일 끝나고
갈 테니 먼저 가 있으라던 어머니는 준이 아빠와 내가 두고
온 삼층 창가 침대에서 우리 집으로도, 준이 아빠와 함께 살

던 서울 변두리 다세대주택 지하 단칸방으로도, 머위전을 나눌 못골로도 돌아갈 수 없을 것이었다.

준이도 다시 기숙학원으로 갈 수 없을지도 몰랐다.

준이의 맨발이 주춤거리며 앞으로 몇 걸음 움직였다.

"양말이라도 신고 나오지."

나는 준이의 발에서 다리로, 손으로 시선을 옮겼다. 양말도 신지 못하고 가방도 휴대폰도 없이 나온 아이가 주머니에서 작은 노트 한 권을 꺼내 품에 안았다. 수학 문제를 푸는 공책도 영어 단어를 외우는 연습장도 아닌 것 같았다.

"이게 뭐냐면…… 엄마……"

내 시선을 느낀 듯 준이가 노트에 대해서, 내 눈에는 노트가 아닌 어떤 것에 대해 말하려고 했다. 눈물이 꽉 찬 눈으로 입을 꾹 다물고 마른침을 꿀꺽 삼키는 준이 특유의 표정이었다. 준이가 억울하거나 준이가 오래 참았거나 준이가 많이 힘들 때나.

"응, 그래, 이따가, 천천히…… 집에 가서…… 우리, 집에 가자."

나는 준이의 팔을 잡았다. 농구 코트가 있어서 다행이라고, 석 달 전 그 앞을 지나며 했던 말을 준이가 떠올리지 못하도록 빠른 걸음으로 농구장을 가로질렀다. 한겨울만큼 날이 차갑지는 않았지만, 주차장에서 긁어 모아둔 눈이 산비탈 아래 제법 쌓여 있었다.

"휴대폰을 두고 왔어요."

자동차가 요양원 앞을 지날 때 준이가 말했다.

"저기 삼층 창가 침대에 할머니가 계셔."

나는 반대쪽으로 차를 돌렸다.

어머니는 지하철 첫차를 타고 새벽길을 가서 청소 도구를 보관하는 좁은 창고에서 밥을 먹으며, 준이 용돈도 챙겨주고 시멘트 공장이 생의 마지막이었던 시아버지의 제삿날 돈을 보내줄 수도 있는 매정하지 않은 시절로 돌아가 있을 것이었다. 엘리베이터와 계단과 바닥, 누군가의 발길이 닿는 곳마다 걸레로 왁스를 발라 반짝반짝 윤을 내던 거기, 어디쯤.

준이 방 방문과 창문이 활짝 열려 있었지만, 아직 어머니의 체취가 남아 있는 것 같았다. 나는 준이를 침대에 눕게 하고 창문을 닫았다. 준이는 이불을 끌어당겨 머리까지 덮었다. 내내 품 안에 있던 노트도 침대 위, 준이 곁에 있었다.

해가 저물어도 준이 아빠는 돌아오지 않았다.

마음이 시퍼렇게 얼어붙은 듯 말을 하지도 시선을 주지도 않는 스무 살 준이를 집으로 데려오며, 나는 십 년 전 준이를 생각했고, 가방을 메고 현관 앞에 서 있던 열 살 소년의 모습을 떠올렸다.

그날 우리는 그들에게 준이 아빠를 빼앗겼다.

준이 등교 준비를 도와주고 있을 때 누군가 현관문을 두드렸다. 뒤쪽에 있는 차가 나가야 하니 잠시 우리 차를 빼달라는 것이었다. 일렬로 주차된 곳에서 그럴 리는 없었다. 뭔가 착각을 한 것 같아서 무심히 문을 열었더니 양복을 입은 남자들이 구두를 신은 채 집 안으로 들어왔다. 그들은 학교에 가려고 가방을 메고 현관에 서 있는 준이 앞에서 준이 아빠의 두 팔을 뒤로 꺾어 수갑을 채웠다. 국가정보원에서 수사 중인 사건에 그가 연루되었다는 것이었다. 대학에 다닐 때 시위를 주도해 수배를 당하고 감옥에 있다가 풀려난 적은 있었지만, 그런 일은 처음이었다.

그들이 준이 아빠를 끌고 나가자 준이가 울음을 터뜨렸다.

"울지 마, 준이야!"

준이 아빠가 힘겹게 몸을 비틀며 준이를 돌아보았다.

어린 준이는 입을 꾹 다물고 고개를 숙인 채 마른침을 꿀꺽 삼켰다.

다음 날 아침, 주차장에 세워둔 자동차 앞 유리에 누군가 붉은 스프레이를 뿌렸다. 준이는 한동안 학교에 가지 못했고, 양복을 입은 남자들을 마주 보지 못했고, 울지 않았다.

접견과 재판에서 준이 아빠는 공개된 행사에 참여한 것이 전부라고 했고, 집 안을 샅샅이 뒤진 압수수색에서도 특별히 불법이 될 만한 것이 발견되지 않았으나 풀려나지는 못했다.

우리들의 앞선 시간에는 젊은 어머니와 어린 준이 아빠가 있었다.

준이 아빠가 그때의 준이와 비슷한 나이였을 때, 시아버지는 시멘트 공장 유인송풍기로 빨려 들어가 맨홀 속으로 추락했다. 시아버지의 마흔다섯번째 생일날 아침이었다. 안전장치도 없이 홀로 일하던 마흔다섯 살의 아버지는 시멘트 제조 과정의 유독가스와 연기를 빨아들이던 송풍기 안에서 삼백도 뜨거운 열기에 타들어가 숨이 끊어질 때까지 발견되지 못했다.

한 사람만 옆에 있었더라면, 그랬다면 목숨을 잃지는 않았을 거라고, 어느 해 시아버지의 생일날이자 제삿날 준이 아빠가 말했다.

그런 사무치는 슬픔을 오래 붙들 수 없었던 것은 어머니나 나나 마찬가지였을 것이다. 어머니에게는 아버지를 잃은 두 딸과 준이 아빠가 있었고, 나에게는 울지 못하는 준이가 있었다.

시아버지는 시멘트 공장에서 다시는 돌아오지 못했지만, 준이 아빠는 준이가 열다섯 살이 되었을 때 감옥에서 돌아왔다.

어머니가 오랫동안 누워서 잠들지 못한 것은 등이 아파서였을까.

"봐도 되니?"

이불을 덮어쓰고 있는 준이 옆으로 다가가 노트를 집어 들며 내가 묻자, 준이가 고개를 끄덕였다.

나는 준이가 설명하고 싶어 했던 노트를, 내 눈에는 노트가 아닌 어떤 것을 들고 준이의 방에서 나왔다.

나는 고인 눈물이다.

노트 첫 페이지에는 제목이 쓰여 있고, 다음 장부터 마지막 페이지까지 연필로 쓴 글씨가 빽빽하게 채워져 있었다.

그날 밤 준이 아빠가 돌아와 어머니와 낯설고 긴 통화를 하고, 준이와 내가 준이 방 침대 위에 마주 앉아 적나라한 마음속 이야기를 나누기 전까지, 나는 준이의 노트 속 첫 문장과 마지막 문장 사이의 이야기를 읽지 못했다.

우리가 기억하는 일들은, 일상에서 전개하는 말은, 발설하는 이야기는 어디에서 기인하는 걸까. 조각난 수백 수천의 과거는 어떻게 현재로 조합되는 것일까.

어머니와 함께 지내던 집, 어쩌면 그 오랜 시간의 흔적 속에서 돌아온 준이 아빠는 준이 방을 한번 들여다보고는 말없이 안방으로 갔다. 준이는 침대에서 이불을 덮어쓴 채 일어나지도 밥을 먹지도 밖으로 나오지도 않았다. 나는 몇 번이나 준이 방에 들어갔다가 되돌아 나왔다.

해야 할 말도 들어야 할 이야기도 너무나 명백해서였을까.

그러나 우리가 안다고 믿고 있는 것들은 정말 믿을 만한 것인가.

나는 준이에게도 준이 아빠에게도 말을 걸지 못하고 노트를 들고 문밖을 서성이고 있었다.

"이게 다 그 애 때문이다."

안방에서 어머니의 목소리가 들렸다. 준이 아빠가 어머니와 화상통화를 하는 것 같았다. 한 번도 들어본 적이 없는 낮고 서늘한 목소리였다. 어떤 중요한 사실을 증언하는 사람처럼 또렷하게, 섬뜩할 만큼 침착하게 어머니가 이야기를 하고 있었다.

누구에 관한 이야기일까.

어머니는 어디로 돌아간 걸까.

어쩐지 나와 무관하지 않은 것 같은 느낌에 발소리를 죽이고 안방 벽에 기대섰다.

"그래도 어쩌겠냐. 벌써 삼십 년이 지나지 않았느냐. 그 애가 아니었으면 네가 그렇게 죽지 않았을 게 아니냐. 병원마다 찾아다녔다. 내 몸이 다 타들어가는 것 같아서 너희들이 있는 곳에는 어디든 다 찾아다녔어. 그러나 이제 와서 어쩌겠냐."

어머니가 무슨 말을 하고 있는지 알아들을 수가 없었다.

더 이해할 수 없는 것은 준이 아빠였다.

어머니의 시간이 어디론가 돌아갈 때마다 준이 아빠는 '어머니!' 하고 큰 소리로 되돌려오곤 했는데, 그때의 준이 아빠는 달랐다. 어떤 말로도 어머니를 돌려놓지 않았다.

혹시 준이 아빠가 잠이 든 게 아닐까.

그래서 어머니 혼자 낯선 곳을 헤매고 있는 것은 아닐까.

열린 문틈으로 방 안을 들여다보았다.

준이 아빠는 방문을 등지고 앉아서 화면 속 어머니의 얼굴을 뚫어지게 쳐다보고 있었다. 어머니의 말을 다 듣고 있을 뿐 아니라, 준이 아빠도 어머니처럼 다른 시간과 다른 공간에 있는 사람 같았다.

"그 아이가 없었다면 네가 그런 짓을 했겠느냐. 너는 엄마한테 그런 짓을 할 수 있는 애가 아니었다. 네 몸에 그런 짓을 할 아이가 아니었어. 너를 기다리다가 터미널에서 뉴스를 봤다. 내가 청소를 하면서 기다리면 네가 돌아올 줄 알았다. 그 망할 놈의 반장이 어찌나 못살게 구는지, 그놈한테 잘리지 않으려고…… 그놈 가랑이 사이를 기어 다니라면 그럴 수도 있었다. 뉴스에서 네가 그렇게 된 걸 봤다. 니 아부지 닮아서 길기도 길고 예쁘기도 예쁜 발가락 손가락이 시커멓게 오그라들어 있더구나. 더벅머리 머리카락이 다 녹아버렸더구나. 그렇게 침착하고 맑던 눈은 감겨 있었다. 그때 그 애가 너를 데려가지 않았다면, 너는 엄마에게 그런 짓을 할 아이가 아니었다. 그 애가 너를 따라오지 않았다면 내가 너를 그렇게 보냈겠느냐. 너를 거기 두고 나 혼자 집에 왔겠니."

그제서야 준이 아빠가 나직하게 어머니에게 말했다.

"엄마…… 무슨 말씀을 하시는 거예요."

울먹이는 듯한 목소리였다.

나는 조용히 안방 벽에서 물러나 주방으로 갔다. 냉장고에서 차가운 우유를 꺼내 냄비에 붓고 준이가 좋아하는 방식으로 낮은 불에 오래 끓였다. 표면에 하얀 막이 생길 때까지 오래.

"저기 반장이 지나간다. 자꾸만 나를 자르려고 해. 아줌마들하고 밥을 지어 먹으면 그렇게 꿀맛인데. 오늘 내가 싸 가지고 간 머우전은 어찌나 인기가 좋은지. 눈 깜짝할 새에 없어졌다. 반장이 아무리 그래도…… 내가 여기 있어야…… 그러니 너는 체포되지 말아야…… 감옥에 있더라도…… 네가 죽어서…… 엄마랑 집에 가자."

우유가 끓고 있는 동안에도 어머니의 목소리가 들려왔고, 조금씩 희미해져 갔다.

*

나는 준이의 노트 속 '과거'의 이야기를 읽는다.

아무에게도 연락할 수단이 없고 서로의 눈을 마주치는 것조차 금지된 곳에서 스무 살 준이가 유일하게 말을 걸었던 노트, 그날 밤 내 얼굴을 똑바로 바라보며 준이가 했던 말, 준이 아빠의 휴대폰 화면 속에서 들려오던 어머니의 낯설고 이상한, 그러나 꼭 그렇지만은 않은 이야기가 나를 어느 시간 속으로 끌고 다닌다.

1991년 봄, 사람들의 눈을 정면으로 마주치지 못하던 스물세 살 준이 아빠와 아들의 여자 친구를 보겠다고 학교로 찾아온 어머니가 소도시의 비좁은 버스 터미널 대합실 의자에 나란히 앉아 있다.

그해 봄부터 여름까지 나와 준이 아빠와 친구들은 하루도 빠짐없이 학교에 나갔다. 주말에도 휴일에도 학교로 가서 서로의 생사를 확인했다. 서로에게 살아 있음을 증명했고, 절대로 죽지 않겠다고 약속했다. 보이지 않는 친구들을 찾아 강의실로 학생회관 옥상으로 근처 야산으로 찾아 헤맸고, 인화 물질이 보이는 대로 없앴으며, 누군가 무심히 들고 있는 라이터와 성냥을 빼앗으며 함께 울었다.

학교에 나오지 않은 친구의 목소리를 듣기 위해 전화를 걸면 그의 어머니나 아버지가 받았다.

우리는 누굴 죽이려는 게 아니에요.

죽으려는 것도 아니에요.

그럴까 봐 무서워서 함께 있는 거예요.

우리의 말을 들어주는 사람은 없는 것 같았다.

누군가 죽은 아침, 살이 뭉개지며 죽어가는 아침, 또 누가 죽을지도 모르는 아침, 그래서 함께 죽고 싶었으나 죽을 수 없었던 아침이 교차하며 봄이 가고 있었다.

어머니가 등에 배낭을 메고 학교로 나타난 것은 전남의 고등학생 김철수가 불길에 몸을 던진 다음 날 일요일 오전이었다. 김철수와 같은 날 연세대 정문 앞 철교에서 누군가 몸에 불을 붙였고, 일주일 전, 열흘 전에는 서울과 경기도와 안동과 전남에서 죽었다.

우리는 어떻게 해야 할지 몰랐다. 무엇을 할 수도 없었고,

아무것도 하지 않을 수도 없었지만, 더는 죽으면 안 된다는 것만이 명백했다.

그날 우리는 서로를 지키기 위해서 학생회관 뒤 노천마당에 모여 있었다. 정오가 지나면 함께 교문 밖 거리로 나가 고등학생 김철수에 대해서, 그들의 죽음에 대해서 말하려고 했다. 그날의 책임은 준이 아빠가 지기로 했다. 준이 아빠가 노천마당에 서서 확성기를 들었다. 아무도 죽지 않겠다고 약속했지만 그런 다짐조차 믿을 수 없어서 두 명씩 짝을 지었다. 준이 아빠의 짝이었던 후배가 준이 아빠에게 무슨 말인가를 전했다. 준이 아빠는 다른 친구에게 확성기를 넘겨주고 학생회관으로 올라갔다.

"누나, 형 어머니가 오셨어요."

그 말을 전한 뒤 자신의 '짝'을 뒤따라가는 후배를 쫓아 나도 학생회관으로 올라갔다. 준이 아빠가 한 손으로 어머니의 팔을 붙잡고 다른 팔로 배낭을 멘 어머니의 등을 감싼 채 조심스럽게 계단을 걸어 내려오고 있었다. 나는 복도 끝 모퉁이에 몸을 숨기고 두 사람의 뒷모습을 지켜보았다.

한눈에 보기에도 등뼈가 활처럼 휘어진 어머니와 그 순간, 온몸과 마음이 어머니만을 향한 듯한 준이 아빠. 어머니와 나란히 걷는 준이 아빠는 그동안 내가 알던 사람이 아닌 듯 낯설었으나, 내가 알던 사람의 시선이 왜 늘 아래를 향하거나 어딘지 모를 허공에 있었는지, 왜 일 년을 함께한 애인의 눈조차 똑바로 바라보지 못하는 것인지 설명하고 있는 듯했다.

언제나 친구들과 후배들을 몰고 다니는 이십대의 쾌활한 준이 아빠였으나, 감출 수 없는 것, 변하지 못한 것이 있다면 그 흔들리는 눈빛이었을지도 모르겠다.

문득, 기숙학원 유리문을 밀고 나오던 준이의 시선과 단지 습관일 뿐이라고 대수롭지 않게 생각했던 준이 특유의 얼굴이 그때의 준이 아빠와 닮아 있다는 걸 깨닫는다.

"학습실에서 내 볼펜이 떨어져 굴렀는데, 일제히 나를 바라보는 거예요."

그날 밤 준이가 처음으로 했던 말이었다. 아직은 나와 눈을 마주치지 않았고, 말을 하고 싶은 표정도 아니었다. 어쩌면 내내 이불을 덮어쓰고 누워서 그 첫 문장을 생각했을지도 모르겠다. 내가 문밖을 서성이며 그런 것을 생각했던 것처럼.

"그래서?"

준이의 말에 대꾸하는 순간 잘못된 질문이라는 걸 깨달았지만, 밖으로 나간 말은 수정할 수 없었다.

"미안해."

"그런데 아무도 볼펜을 주워주지 않았어요. 거긴 그런 곳이니까."

"응."

"그때부터 환청이 들렸어요."

어딘가 쿵 무너지는 소리가 들리는 것 같았다.

나는 준이의 얼굴을 한번 쓰다듬었다.

"무슨 소리가 들렸는지 물어봐도 돼?"

"말하고 싶지 않아요."

준이가 내 손에서 얼굴을 피했다.

"그래서 어떻게 했어?"

"나무에 매달렸어요."

말라버린 한 줄기 나뭇가지에 매달린 원숭이 한 마리.

노트의 마지막 페이지에서 준이는 '모두가 동물원 철창 속에서 잘만 사는데, 그는 바닥에 닿으면 죽을 것처럼 악착같이 나무에 매달린 원숭이 한 마리를 무언(無言)으로 지켜보고 있다'고 썼다.

"엄마도 알죠? 나 박애주의자였던 거."

준이는 멋쩍은 듯 말했지만, 그것은 사실이었다.

처음으로 준이가 내 얼굴을 똑바로 마주 보았다.

준이가 쓴 이야기 속 소년은 우산이 없는 꼬마에게 우산을 주고, 비를 맞는 아가씨에게 우산을 빌려주었는데, 자신이 비를 맞을 땐 빌려줄 우산이 없었다.

소년은 젖은 자신을 그냥 두고 갔다.

"그런데 평등하게 사랑한다는 건 거짓이었어요. 나는 나보다 약한 걸 사랑해. 그게 사랑인가? 지배하고 싶은 마음인 것 같아요. 상대를 완전히 파탄 내고 시궁창에 빠뜨려서 내가 구해주지 않으면 살아갈 수 없게 만들고 싶어. 무서워요, 엄마.

나란히 함께 가는 게 불가능한 것 같아. 밟지 않으면 갈 수가 없어요. 그래서 말라비틀어진 나무에 매달렸어요. 그러다가 자꾸자꾸 높은 곳으로 올라가야 할 것 같았어요. 그럼 떨어지잖아. 두려웠어요."

이제는 찬란한 잎도, 청년다운 가지도 잘려 나가 이 땅에 맞춰 심어진, 그런 나무인 것이다.

준이는 노트에 그렇게 썼다.

"누나, 터미널로……"

학생회관 삼층에서 준이 아빠와 어머니를 뒤따라 내려오던 후배가 준이 아빠의 말을 나에게 전해주었다. 교문 밖으로 나가기로 예정된 시간이 가까워지고 있었다. 노천에 모여 있는 친구들의 구호와 노랫소리가 학생회관 유리창을 뚫을 듯 거세게 울렸다.

나는 두 사람이 도착할 즈음까지 기다리다가 학교 진입로를 달려 내려가 버스 터미널로 뛰었다.

손에 버스표를 쥔 어머니와 어머니의 배낭을 대신 짊어진 준이 아빠가 대합실 의자에 나란히 앉아 있었다. 옷차림을 가다듬고 숨을 고르며 천천히 다가가자, 준이 아빠가 먼저 의자에서 일어났고, 어머니도 뒤따라 일어섰다.

스물세 살 나의 애인은 예의 고개를 조금 숙이고 눈을 치뜨며 나와 어머니를 번갈아 바라보았다.

"너구나……"

그의 어머니가 아들의 앞으로 한 발짝 나와서 버스표를 쥔 손으로 내 손을 잡았다. 어쩐지 준이 아빠와 나 사이를 막아 선 것 같은 느낌이었다. 서울행 버스표가 두 손바닥 사이에서 구겨지며 바닥으로 떨어졌다.

어머니는 아들의 여자 친구가 어떤 아이인지 궁금해서 아침부터 서둘러 찾아왔다고 했지만, 출입구 위에 설치된 티브이에서 시선을 돌리지 못했다. 전남의 고등학생 김철수와 한 노동자의 죽음을 전하는 뉴스 방송이었다.

"엄마랑 집에 가자."

어머니가 준이 아빠의 팔을 잡았다. 준이 아빠는 떨어진 버스표를 주워 들고, 매점에서 사 온 박하사탕 한 봉지를 어머니의 배낭에 넣었다.

그날 준이 아빠는 노천에 모여 있던 학생들과 함께 거리로 나갔고, 그해 봄이 지날 때까지 어딘가에 숨어 지냈으며, 김 귀정을 잃고, 김철수가 육성 유언을 남긴 후 눈을 감은 초여름 날 충무로의 뒷골목에서 경찰에 붙잡혔다.

여러분, 여러분, 저는 여러분을 확실히 믿습니다.

고등학생 김철수가 말했다.

결혼을 해서 어머니를 떠난 준이 아빠의 시선은 어느새 그 때와 달라졌지만, 준이는 습관처럼 스물세 살 준이 아빠의 눈빛을 하고 있고, 아픈 어머니는 1991년의 삶과 죽음을 섞어 버렸다.

*

주머니 속에 작은 시집을 넣고 다니는 대학생 p와 화가가 되고 싶어서 편의점에서 일하는 가난한 소녀가 있다.

몇 살이야? 대학생 p가 묻는다.

오백 살! 소녀가 대답한다.

서른 살이 된 회사원 p는 출근길 지하철 선로의 어둠을 비추는 노란 불빛, 그 땅속의 '별'을 보며 진짜 별을 보고 싶다고 생각한다. 회사로 가는 지하철에서 내려 예전에 학교와 집을 오가던 노선으로 환승한 p는 그 시절, 이야기를 나누며 지냈던 맑은 소녀들과, 어릴 때 책을 사고 싶어서 주머니에 꼬깃꼬깃 접어 넣은 문화상품권을 잃어버리고 울던 서점을, 아버지가 처음으로 데려간 천변의 해장국집과 한 시간에 한 대뿐인 버스를 기다리며 터미널에서 사 먹던 칠백 원짜리 어묵을, 아버지가 잡혀가고 나서 자신이 먼저 멀어져주었던 열네 살 때의 친구들을 회상한다.

아버지는 돌아오지 않았고, 열네 살 p는 한 번도 울지 않았다.

p는 고향 마을 저수지 방죽 위에 있는 작은 언덕을 떠올린다.

p의 아버지는 어린 p에게 냉이, 달래, 쑥, 씀바귀 같은 봄나물의 이름을 알려주었고, p의 어머니는 p와 아버지가 뜯어간 나물로 전이나 된장국을 만들어주었다.

다시 찾은 언덕에는 p가 그리던 별이 코빼기도 보이지 않는다. 저수지에서 불어오는 바람과 풀들이 몸에 스치는 느낌을 받으며 깜빡 잠이 들었다가 깨어나니, 조금 떨어진 풀밭에서 한 소녀가 삼각김밥을 먹고 있다. 화가가 되고 싶다고 했던 소녀와 닮은 아이였다.

p가 양복 주머니에서 담배를 꺼내 물자, 소녀가 다가와 손을 내민다.

아저씨, 담배 하나만 주세요.

p가 담배에 불을 붙여 소녀에게 건넨다.

아저씨도 이제 끊으세요, 담배. 돈 아깝게.

소녀가 연기를 뿜으며 p에게 말한다.

그러는 너는?

저는 가난하니까 빌려서 피우잖아요.

몇 살이니?

오백 살!

준이의 노트 속 소녀는 오백 살이라고 했고 대학생 p는 서른 살이 되었다. 어머니는 백 살이 되었다고 했고, 삼십 년 전 전남 보성고등학교 김철수는 아직 열아홉 살이다.

어머니는 여든번째 생일날 집을 떠났고, 준이는 기숙학원으로 돌아가지 않았다.

나는 과거의 나의 총합이다.

준이가 쓴 마지막 문장이었다.

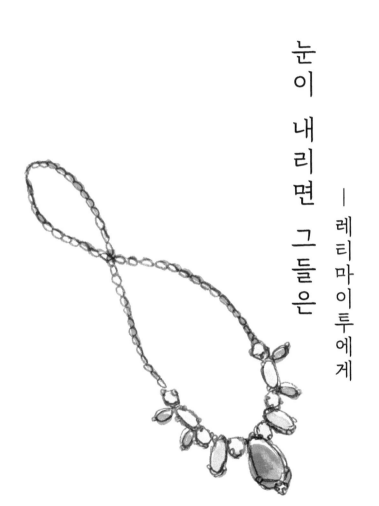

눈이 내리면 그들은

— 레티마이투에게

그녀의 이름은 마이투, 한국 이름은 소라였다.

누군가 '소라' 하고 이름을 부르면 그녀는 고향이 떠오른다고 했다.

소라의 고향은 물색이 곱고 맑은 바닷가 마을이었다. 그녀의 나라에서는 보기 드문 에메랄드빛 바다라고 했다. 그 바다가 내려다보이는 곳에 소라의 집이 있다.

"더운 제 고향에도 해가 지면 시원한 바닷바람이 불어요."

"바람이 불면 꽃향기가 나죠."

아름다운 소라가 말했다.

소라의 고향 마을 사람들은 오랜 세월 바다에서 물고기를 잡으며 살아왔다. 가난한 마을이었으나, 전쟁이 휩쓸고 간 자리는 더 가난해졌다. 젊은 남자들은 미국, 캐나다 등지로 일을 하러 떠났고, 나이 든 부모들은 그들이 보내주는 돈으로 크고 단단한 고깃배를 장만했다.

홍콩이나 대만으로 가서 국제결혼을 한 여자들도 있었다.

그들의 고향 해안 마을에도 이층집이 지어졌고, 어린 동생들은 학교에 갔다. 학업을 마치고 성장한 동생들과 동생들의 아이들은 형들과 이모들이 떠났던 먼 나라로 가는 것을 두려워하지 않았다.

마이투도 스무 살에 한국으로 왔다. 한국에 온 지 십오 년이 지나 한국 국적의 소라가 되었지만, 십오 년간 어떻게 살았는지, 그녀에게 무슨 일이 있었는지 소라는 말하지 않았다.

"중요한 것은 지금의 나예요."

지금의 소라는 규모가 작은 쉼터에서 일하고 있다. 한국인 남성과 결혼을 해서 한국에 왔으나 갈 곳이 없어진 여성들이 소라와 함께 지냈다.

소라는 쉼터에 머물다 떠난 여자들에 대해 많은 것을 알고 있다. 그녀들에게 무슨 일이 있었는지. 고향 집으로도, 남편과 아이들이 있는 곳으로도 돌아가지 못하는 여자들이었다. 유골로 돌아간 여자도 있었다. 스물일곱 살 여성도 있었고, 열아홉 살 여성도 있었다.

유골이 되어 고향에 돌아간 여성은 소라의 친구였다.

나는 그녀를 엠이라고 부르기로 한다.

엠도 국제결혼을 해서 한국으로 왔다. 한국인 남편은 좋은 사람이었다. 아이도 둘이나 낳았다. 엠과 남편을 골고루 닮은 아이들이었다. 깃털처럼 보드랍고 눈이 큰 아이들이었다.

엠은 아이들과 더 많은 이야기를 하기 위해 소라를 찾아가 한국어를 배웠고, 그곳에서 소라가 하는 일을 도왔다.

어느 해 여름, 온종일 장맛비가 쏟아지던 날, 두 아이를 안고 낮잠을 자던 엠을, 그녀의 목을, 시아버지가 칼로 찔렀다. 엠의 달콤한 잠과 꿈은 조각나 피로 물들었다. 그녀의 죽음이 가장 먼저 소라에게 전해졌다. 소라는 울며 엠의 장례를 치르고, 그녀의 유골이 고향으로 돌아갈 수 있도록 대사관을 오갔다.

열아홉 살 엔은, 나는 그녀를 엔이라고 부른다, 마흔 살이었던 한국인 남편에게 맞아 갈비뼈가 부러지고 발목이 어긋났다.

당신과 함께 행복하게 살고 싶었습니다.

열아홉 살 엔은 그녀의 언어로 유서를 남기고 죽었다.

우리 모두 엔입니다.

엔의 추도식에서 살아 있던 엠이 한 말이었다.

엠은 엔이 되어 유골로 돌아갔지만, 엔은 엠처럼 고향에 돌아가지 못했다.

"슬프고 무서웠어요."

소라의 바닷가 마을에는 이층집도 있고 고깃배도 있고, 젊은 사람들이 빠져나간 곳에는 일자리도 넉넉할 거라고 했다.

"우리도 이젠 잘살아요."

"고깃배도 있고 이층집도 있어요."

눈이 크고 아름다운 소라가 말했다.

그러나 쉼터에는 늘 그녀들이 있다.

소라를 찾아오고, 소라를 기다리고, 소라와 이야기하는.

*

소라를 만나러 간 날은 봄날처럼 포근한 2월이었다. '이주민 인권 기획 르포집' 제작에 필자로 참여하게 되어 인터뷰이 한소라 씨의 연락처를 받은 지 한 달쯤 지난 뒤였다. 그때부터 일 년이 흐른 지금도 나는 소라의 이름을 부를 수 있다. 소라의 친구 엠과 열아홉 살 엔에게는 그럴 수 없지만, 소라에게만은.

소라보다 나이가 많다는 것이 함부로 이름을 부를 수 있는 이유는 아니다. 소라가 그렇게 불러주기를 바랐고, '소라……' 하고 이름을 부를 때 그녀의 고향 에메랄드빛 바다와 꽃향기를 한번씩 생각할 수 있기 때문이다.

안녕하세요. 유가은입니다.

소라의 연락처를 받고 나서 나는 곧바로 문자메시지를 보냈다. 우리가 써야 할 르포가 이주자의 인권에 관한 것이라든가, 인터넷 신문에 연재한 후 봄이 되면 르포집으로 발간할 예정이라는 것 등 앞으로의 계획과, 가능한 인터뷰 날짜를 묻는 내용이었다.

메시지를 보내자 소라에게서 전화가 걸려왔다.

"한국어는 글이 좀 더 어렵네요."

답장 대신 전화를 걸었던 이유를 소라는 그렇게 설명했다. 준비가 없었던 뜻밖의 통화에 나는 긴장이 되었고, 그녀도 그럴 거라고 생각했지만, 금방 납득할 수 있었다.

인터뷰이로 소라를 소개해준 이주단체 활동가는 통역 없이도 대화를 나누기에 전혀 문제가 없을 거라고 했으나, '전혀 문제가 없는' 그녀의 한국어 실력이 어느 정도인지 가늠하기는 어려웠다. 그러나 휴대폰에서 들려오는 소라의 한국어는 예상했던 것보다 훨씬 유창했다. 대화에 문제가 없을뿐더러 말의 뉘앙스까지 섬세하게 전해오는 느낌이었다.

"이런 일은 처음 해봐요. 많이 도와주세요."

글이 어렵다는 그녀에게 내가 말했다.

인터뷰이를 안심시켜주고 싶어서 한 말이었지만 실제로 그런 일은 처음이었다. 가까운 곳에서 그들과 대화를 나누는 것, 그들에게 궁금한 것을 묻고 듣는 것…… 무엇보다, 내가 무엇을 궁금해해야 하는지, 그런 궁금증이 타당한 것인지, 이런저런 걱정이 앞섰던 것은 사실이었다.

"제가 잘 부탁해야지요."

소라가 웃으면서 말했다. 웃음소리에 내 마음이 묵직해졌다. 그녀의 당당한 말투와 여유 있는 웃음에서 예상하지 못한 품위와 자신감이 느껴진 것인데, 우리가 만나기로 약속한 일주일 전에 이메일로 사전 질문지를 보냈을 때도 마찬가지였다. 고심해서 고르고 고른 질문지에 그녀는 짧고 단호한 문장으로 답장을 보내왔다.

좋아요. 하지만 개인적인 이야기는 하지 않겠습니다.

낮 열두시에 인터뷰를 시작해서 점심을 먹기 전까지 한 시간쯤 이야기를 나누는 것이 좋겠다고 먼저 말한 것도 그녀였다. 그래서 그 포근한 2월의 아침에, 나는 휴대폰에서 들려오던 소라의 음성과 말투, 그리고 버스 정류장에서, 골목길에서, 마트와 약국 같은 곳에서 쉽게 마주쳤으나 거리를 두고 서둘러 지나쳐왔던 그들의 모습을 떠올리며 서울로 가는 버스를 탔다.

버스를 타고 가는 동안, 그리고 인터뷰를 준비할 때도 나는 그녀를 언짢게 할 수 있는 어떤 실수도 하지 말아야 한다고 생각했다. 실제로 내 모든 무의식과 행동은 인터뷰이에 대한 예의라고 보기에는 지나친 감이 있었다.

나는 르포 기획팀에서 인터뷰이에게 지급하는 비용을 전해주기 위해 책상 서랍에 남아도는 흰 봉투 대신 그녀의 나라에서 흔히 피는 아열대 꽃과 비슷한 모양의 꽃잎이 인쇄된 보라색 편지 봉투를 샀고, 늦지 않기 위해 쉼터까지 소요될 시간보다 한 시간이나 일찍 출발했다. 종로에서 지하철로 환승하기 전에는 고급 빵집을 찾아다니며 나로서는 한 번도 골라본적이 없는 비싼 빵을 몇 조각 사서 포장했다.

그러느라 시간이 지체되었고, 쉼터 근처 주택가 좁은 골목에서 길을 잃어버리기까지 했다.

약속했던 시간이 십 분쯤 지났을 때 초조한 마음으로 메시지를 보내자 그녀에게서 곧바로 답장이 왔다.

괜찮습니다 조심해서 오세요 기다리겠습니다

평범하고 단순한 말이었으나 마침표가 빠진 문장은 어쩐지 친근하고 부드럽게 느껴졌다. 그녀가 어떤 충만한 상태에 있을 것만 같았다.

그런 것을 의식할 만큼 내가 소라의 언어와 태도와 감정에 지나치게 집중하고 있었던 것일지도 모르고.

쉼터에서 만난 소라는 놀랄 만큼 아름다웠다. 몸에서 서늘한 바깥공기가 배어나는 듯했고 어딘지 모르게 불안정하고 흐트러진 느낌도 들었지만, 그조차 그녀만의 생동감으로 여겨졌다. 긴 머리카락 앞으로 드러난 이마는 환하고 정결했고, 나이를 가늠할 수 없는 앳된 모습이었다.

그녀가 녹차 두 잔을 들고 쉼터 사무실로 나를 안내했다. 우리는 긴 탁자 앞에 마주 앉았다.

"사진을 찍어도 될까요?"

"그럼요. 얼마든지요."

가까이에서 본 그녀의 눈은 더 크고 맑았다.

"아, 그보다는…… 좋은 사진이 있으면 몇 장 받을 수 있나요?"

내가 찍을 사진이 그녀의 마음에 들지 않을지도 몰라서 한 말이었다.

"그러죠. 그게 좋겠어요."

그녀도 선뜻 대답했다.

"사진은 집에 도착하기 전에 받아보실 수 있을 거예요."

그녀가 쉼터에서 제작했다는 작은 책자와 팸플릿 한 장을 건네주며 말했다.

"오전에 인권단체 합동 기자회견에 다녀왔습니다."

팸플릿은 그날 있었던 기자회견에서 사용한 것인 듯했다. 팸플릿 앞면에 소라의 이름과 분홍색 재킷을 입은 그녀의 사진이 있었다. 입고 있는 것과 같은 재킷이었다. 그녀의 몸에서 느껴지던 서늘한 공기와 불안정한 모습은 긴 시간 머물렀던 기자회견장의 풍경이었을지도 모른다고 나는 생각했다.

"녹음을 해도 괜찮을까요?"

소라가 이야기를 더 이어가기 전에 나는 서둘러 휴대폰을 꺼냈다.

"당연하죠."

"어색하겠어요."

"그렇겠죠?"

그녀의 서글서글한 눈이 잠시 장난스럽게 빛났다. 나는 휴대폰에서 녹음기 앱을 작동시킨 후 테이블 위에 올려놓았다.

음성 녹음을 즉시 문자로 변환해주는 기능이 있다고 여럿이 추천해서 전날 밤 녹음기 앱을 설치하고 내 목소리로 테스트까지 해보았지만, 녹음이 되지 않으면 어쩌나 신경이 쓰였다. 소라도 그런 눈치였다. 나는 앱이 잘 작동하고 있는지 한 번 더 확인하는 것으로 소라를 안심시켰다.

"보통 인터뷰 당하는 사람이 떨려야 하는데 지금은 인터뷰하는 분이 더 떨고 계신 듯."

녹음기에 저장된 소라의 첫 목소리, 첫 문장이었다.

음성 녹음된 파일에 두 사람의 웃음소리도 담겨 있었다.

"이름이 예쁘네요."

다음은 나의 목소리.

"마이투? 소라?"

소라가 물었다.

"둘 다요……"

"한국 가수 중에 같은 이름이 있죠? 처음엔 그 이름이 무슨 뜻인지 몰랐어요. 그게 그 소라라는 건. 제 고향 북구 바닷가에 많아요."

소라의 고향 말로는 그 소라를 뭐라고 하는지 궁금했지만 나는 "르포에는 가명을 쓸까요?" 물었고, 소라는 "아니요, 그럴 필요는 없습니다" 하고 대답했다.

"아, 좋아요. 마이투? 소라? 어떤 이름을 쓸까요?"

내가 다시 묻자,

"그냥 소라라고 하세요. 모두가 그렇게 불러요."

소라가 대답했다.

녹음기 앱에 문서로 저장된 그때의 대화는, 참석자 1 소라의 말 중 '가명'이란 단어가 '감염'으로, 그녀의 고향 지역 '북구'는 '묵구'로 변환되어 있었다. 물론 참석자 2 나의 말도 종종 그런 식의 잘못된 텍스트 변환이 이루어져 있었지만, 이어지는 소라의 이야기를 인공지능이 앞서 감지한 것이 아닐까 하는 생각이 들 만큼 인상적인 기록이었다.

나는 엠이나 엔과 같은 세상에 없는 이름이 아닌, 그녀의 고향 바닷가 마을의 소라, 그녀의 한국 이름 소라를 그대로 르포에 썼다.

내가 사는 경기도의 작은 마을에서도 그들의 목소리가 들린다. 정류장에서 버스를 기다릴 때나 딸들을 학교에 데려다주고 돌아오는 새벽 골목길, 식당과 마트와 우리 집 창밖 이층집 마당에서도.

이층집 마당에서 들려오는 소리는 방글라데시어일 때도 있고, 베트남어나 필리핀어일 때도 있고, 서툰 한국어일 때도 있다. 영어와 한국어가 섞인 아이들의 목소리도 있다.

그러나 소라와 마주 앉아 이야기를 나눈 칠십이 분 이전의 그들은 알 수 없는 언어로 부유하는 존재일 뿐이었다.

—르포 「제7의 인간」, 유가은

준비해간 질문지를 꺼내자 소라는 그날 오전에 있었던 기자회견 이야기를 했다.

"팬데믹은 세계보건기구가 발령하는 전염병 경보 6단계예요. 최고 위험단계입니다. 어원으로 보면 전염병이 세계적으로 전파되어 모든 사람이 감염된다는 의미입니다. 모든 사람이요!"

그녀가 '모든'이라는 단어에 힘을 주었다.

팬데믹(pandemic)의 팬(pan)을 강조한 것이었다.

"그러니까 전 세계인이 전염병에 노출되어 질병을 앓거나 퍼뜨릴 수 있다는 뜻인데요……"

긴 이야기를 시작하자 그녀의 한국어 발음이 조금씩 불분명해졌다. 나는 녹음기가 작동하고 있다는 것을 자주 잊고 몸을 앞으로 당겨 앉아 소라의 말에 주의를 기울였다.

"한국에서 이주민은 모두에 해당하지 않는 듯했습니다. 마스크 없이는 한 발짝도 움직일 수 없었는데, 우리는 그것을 구하지 못했어요. 약국에서도 살 수 없었습니다. 이주민 혐오 때문에 일하러 나갈 수 없었지만, 재난지원금은 지급되지 않았습니다. 살아 있는 사람이라면 모두 살 수 있고 받을 수 있는 그것이 우리에게는 주어지지 않았어요. 대중 이용시설에서도 이주민은 거부당했습니다. 아시다시피 국경이 폐쇄돼 고향으로 돌아갈 수도 없었습니다."

기자회견은 팬데믹 상황에서 이주민에 대한 한국 정부의 차별에 관한 내용이었다.

"이주민 NGO들의 항의 행동으로 긴급 생활 지원에 결혼 이민자와 영주권자를 포함하는 방침이 논의되었는데, 그 또한 제한적이었어요. 체류 자격 구별 없이, 누구에게나 차별 없이 방역물품과 생필품, 긴급생계비를 지원한 것은 이주민들 자신이었습니다. 쉼터도 그 일에 참여하고 있어요."

소라는 휴대폰을 열어 사진 한 장을 보여주었다.

그날 아침, 긴 구호가 적힌 현수막 앞에서 마이크를 쥐고 서 있는 소라의 모습이었다.

"재난 상황이 되면 알죠. 누가 가장 약자이고 누가 먼저 소외되는지. 당시 우리는 팬(pan)에 속하는 사람이 아니었어요. 우리는 어디에도 존재하지 않았습니다. 사람이 아니라면 우리는 무엇인가요. 우리가 침묵해야 하나요……"

소라가 말했다.

Pandemic의 어원은 pan＋demo이다. 모두＋사람(민중). pan을 어원으로 갖는 말은 Pandora's box(모든 것을 선물 받은 사람의 상자), panorama(모든 방향의 것을 보다) 등이 있다. democracy(민주주의)는 demo가 어원인 단어이다. 판도라의 상자는 '뜻밖의 재앙의 근원'이라는 비유로 다시 말해진다.

한국에 존재하는 이주민은 pan에도 demo에도 속하지 못했다는 소라의 말은 사실이었을 것이다. 우리가 겪는 재난은 팬데믹의 어원이나 그 어원을 갖는 단어들이나 소라의 긴 이야기로 설명될 수 있을지도 모르겠다. 판도라의 상자가 열린 뜻밖의 재앙에서, 모든 방향을 향하지 않는 이 세계 불평등의 파노라마.

　　　　—르포 「제7의 인간」, 유가은

나는 프린트해 가져간 질문지를 접어놓고 소리 없이 돌아가는 녹음기처럼 조용히 그녀의 다음 이야기를 들었다.

엠의 슬픈 죽음과 열아홉 살 엔의 유서와 고향을 떠나온 또 다른 여자들의 이야기. 그녀의 고향 북구 마을과 바람 속에 묻어오는 꽃향기와 전쟁이 끝난 후 먼 나라로 간 사람들과 그들의 고깃배에 대해.

녹음기 앱을 종료한 후 기록을 확인해보니 약속했던 한 시간을 넘겨 칠십이 분이 지나 있었다. 내가 듣고 기억한 것보다 훨씬 길고 많은 이야기와 목소리와 웃음과 분노와 슬픔이 녹음기에 기록되어 있었다.

사무실 유리창 너머로 그녀와 닮은 사람들이 보였다. 점심식사를 준비하는 듯 분주하게 오가는 모습이었다.

"하지만 중요한 것은 지금의 나예요."

가방 안에서 준비한 보라색 꽃무늬 봉투와 포장해 온 빵을 꺼내려는데 그녀가 불쑥 그렇게 말했다. 지금의 그녀는 쉼터 일을 하면서 뒤늦게 대학에 들어가 사회복지학을 공부하고 있다고 했다. 스무 살에 고향을 떠나와 다시 시작한 공부라고, 대학을 졸업한 뒤에는 대학원에 진학할 거라고 소라가 말했다.

"논문을 쓰는 건 어려워요. 한국어 표현은 너무 복잡해요."

나는 인터뷰 비용이 담긴 봉투와 빵을 꺼내 그녀의 앞 테이블 위에 놓았다.

"제게 주시는 건가요?"

소라의 눈이 초승달처럼 웃었다.

"인터뷰이 비용은 르포 기획팀에서 드리는 거예요."

내가 말하자 그녀는 "아, 쉼터 살림에 보탤게요" 하더니 문밖의 사람들에게 빵 상자를 건네주고 돌아왔다.

"유가은 선생님, 우리 마스크를 벗어볼까요?"

가방을 들고 자리에서 일어나려고 할 때 소라가 말했다. 뜻밖의 상황이었으나 나는 마스크를 내리고 얼굴을 들었다. 소라도 마스크를 벗었다. 우리는 그렇게 잠시 서로의 얼굴을 마주 보는 것으로 그날의 인사를 대신했다.

*

봄날처럼 포근했던 2월이 지나고 3월의 꽃샘추위가 왔다.

찬바람이 가라앉는 듯하다가 느닷없이 눈이 내리기도 했다.

나는 녹음기 앱을 재생해 소라의 음성을 반복해서 듣고 문서로 변환된 문장들을 읽으며 르포 「제7의 인간」을 썼다. 소라는 생각보다 자주 웃고 있었고, 나도 그랬다.

르포의 제목으로 차용한 책 『제7의 인간』은 영국 작가 존 버거의 글과 그의 동료인 스위스 사진가 장 모르의 사진으로 구성된 1970년대 초 유럽 이민노동자들의 이야기이다. 제7의 인간이란 고향을 떠나 노동력 이외에 무엇으로도 존재하지 못했던 그들, 태어나지도 존재하지도 않는 인간, 이주자들을 의미하는 말이었다. 헝가리 시인이자 부다페스트의 가난한 노동자의 아들이었던 아틸라 요제프의 시 「제7의 인간」이 그 책의 서두에 실려 있다.

나는 완성된 르포를 인터넷 신문에 연재하기 전에 소라에게 원고를 첨부한 이메일을 보내고, 약속대로 내 책도 한 권 쉼터로 발송했다.

인터뷰를 마치고 나서 내가 소설을 쓰는 사람이라고 말했을 때, 소라는 어떤 소설인지 읽어보고 싶다고, 소설가를 직접 만나본 것은 처음이라고, 그때까지의 무겁고 진지한 어투와는 다른 느낌으로 말했다. 나도 소라에게 말해주고 싶었다.

당신을 만난 이런 시간은 처음이었다고.

"잘 알지도 못하고 써서 미안해요."

그러나 나는 소설 속 이주노동자 '아불'을 떠올리며 소라에게 미안하다고 했다. 아불은 나의 상상 속에서만 존재하는 방글라데시 청년이었다. 이름도, 나이도, 국적도, 죽음도 모두 만들어진 것이었다. 늦은 밤이나 새벽에 창밖에서 들려오던 이주노동자들의 낯선 언어와 노랫소리를 들으며 쓴 소설이었다. 나는 한 번도 그들 가까이에 가본 적이 없었다.

며칠이 지나도록 소라는 이메일을 확인하지 않았다. 책을 받았다는 연락도 없었다. 혹시 소라가 언짢아할 만한 실수를 한 것은 아닌지, 그날의 순간순간이 담긴 녹음기를 되돌려 들으며 답장을 기다렸지만 결국 원고에 대한 소라의 의견을 듣지 못하고 르포를 신문에 게재해야 했고, 3월이 지나 책이 발간될 때까지도 그녀의 연락을 받지 못했다.

그러는 동안 잠시 가라앉는 듯했던 코로나19 바이러스는 변이를 거듭하며 주변을 잠식했다. 감염자가 늘어났고, 나 또한 동선이 겹친 누군가로 인해 한차례 PCR 검사를 받았다. 행사와 모임은 제한되거나 취소되었다. 상점은 문을 닫았고, 노인들이 먼저 죽어갔다.

소라도, 르포에 쓴 이야기들도 모두 잊고 바이러스에만 갇혀 있던 숨 막히는 여름날, 나는 스리랑카 노동자 '디무두 누완'에 관한 기사를 읽게 되었다. 제목은 '누완의 풍등'이었다. 인천공항 국제선 게이트 앞에서 뒤를 돌아보며 두 팔을 번쩍 치켜든 누완의 사진과 황량한 공사장의 광경이 담긴 CCTV 화면 하나가 인터넷 기사에 첨부되어 있었다.

스리랑카 이주노동자 디무두 누완의 일에 관해서라면 언젠가 뉴스에서 전해 들은 적이 있었다. 한동안 떠들썩했던 저유소 화재 사건이었다.

　사진 속 누완은 2015년 5월에 입국했다가 육 년 만에 고향 집으로 돌아가는 길이었다. 취업비자를 받고 한국에 와서 서울-문산 간 고속도로 공사장 철근공으로 일하던 2018년 가을, 그는 공사장으로 날아든 빨간색 풍등에 불을 붙여 날렸다.

　누완이 풍등을 처음 본 것은 「구르미 그린 달빛」이라는 한국 드라마에서였다. 조선의 왕세자와 그의 정인이 칠흑같이 깜깜한 밤하늘로 별처럼 솟아오르는 풍등을 바라보는 장면이었다. 중추절 풍등제였다. 그의 고향 스리랑카에서는 볼 수 없는 풍경이었다. 그 신비하고 아름다운 모습이 젊은 누완의 마음을 사로잡았다.

　그날, 인근 초등학교 쪽에서 붉은 풍등 하나가 날아오는 것을 발견하고, 그는 풍등을 따라 달렸다.

　공사장 터널 입구에 쌓인 돌무덤을 건너, 누런 먼지를 일으키며 달려오는 대형 트럭을 피해, 전속력으로 뛰었다.

　날아오던 풍등이 공사장 언덕에 떨어졌다.

　그것은 소원을 들어주는 등불.

　그는 심장이 아픈 어머니 말간디와 뇌 질환으로 손을 떠는 아버지 자야위르를 생각했다.

　우리 가족이 모두 행복하게 살게 해주세요.

누완은 그의 고향 말로 풍등에 글씨를 쓰고 불을 붙여 서해가 흐르는 방향으로 날렸다.

누완은 언덕 위에 서서 등불이 날아가는 것을 지켜보았다. 멀리멀리 가기를. 그러나 누완의 소원을 실은 붉은 풍등은 고작 삼백 미터 앞, 대한송유관공사 잔디밭에 떨어졌다. 불씨가 잔디와 건초에 옮겨붙었고, 기원을 전해줄 바람은 불길을 저유소 기름탱크 쪽으로 몰고 갔다. 검은 연기가 치솟고 폭발음이 들렸다.

그는 검고 울먹이는 듯한 눈을 가진 청년이었고, 문장이 끝날 때마다 쯧, 하고 혀를 차는 버릇이 있었다. 한국어를 배울 때 들인 습관일지도 몰랐다.

그의 고향 스리랑카는 '찬란히 빛나는'을 뜻하는 스리(Sri)와 '섬'을 뜻하는 랑카(Lanka), 두 개의 단어가 합쳐진 이름이었다.

오래전에 동방을 여행한 어떤 서양 사람은 그의 나라를 '세상에서 가장 아름다운 곳'이라고 했다는 기록이 있다.

"저기…… 스리랑카 돈 없어가지고 한국에서 돈 벌을라구 왔는데…… 내가 이거 풍등 안 날렸으면 이거 불 안 났는데…… 내가 잘못해가지고 이거……"

누완은 곧 눈물이 떨어질 것 같은 큰 눈망울을 하고 그렇게 말했다.

그는 범죄 경력이 있는 외국인이 되어 그의 빛나는 섬으로 돌아갔고, 다시는 어머니 말간디와 아버지 자야위르를 위해 돈 벌러 한국에 오지 못할 것이다.

*

지난겨울, 나는 두 딸과 산책을 하거나 한 재단에서 진행하는 미얀마 강의를 들으러 다니며 대부분의 날을 보냈다. 스무 살, 스물두 살 대학생인 두 아이는 온종일 각자의 방에서 지냈기 때문에 한집에 있어도 서로 얼굴을 마주칠 일이 별로 없었다. 산책은 내가 거의 사정을 하다시피 해서 나서게 된 것이지만, 하루 이틀 지나며 딸들도 조금씩 재미를 붙이는 눈치였다.

특히 팬데믹으로 일 년간 학교에 나가지 못하고 신입생 시절을 보낸 둘째는 산책을 거르는 일이 없었다.

우리는 마을을 가로질러 산길을 올랐다. 처음에는 폐쇄된 약수터까지, 다음 날은 산등성이 무덤까지, 다음엔 산 너머 전원주택 마을까지. 두 딸이 어린아이였을 때 우리는 약수터에 병을 들고 가서 맑은 물을 담아 왔고, 무덤가에서 달래와 쑥을 뜯으며 놀았고, 전원주택 마을 뒤 숲속 놀이터에서 그네를 탔다.

흐르던 계곡물이 얼어붙어 그 위로 하얗게 눈이 쌓인 날. 붉은 볏을 머리에 인 장대한 수탉과 그 뒤를 따르는 암탉. 귀여윈 떠돌이 강아지와 까마귀 울음소리. 어떤 날은 믿을 수 없이 따뜻한 햇볕.

언젠가 우리가 함께 보았던 것들과 시간이 흘러 사라진 것들, 여전히 변하지 않은 것들에 대해 이야기를 나누며 딸들과 나는 겨울 길을 걸었다.

두 아이가 태어난 마을.

아이들은 이곳을 고향이라 기억할 것이다.

미얀마 강사 키잉은 삼 년 전에 교환학생으로 한국에 왔다고 했다. 지금은 국제대학원에서 한국학을 공부하고 있고, 혜진이라는 한국 이름도 있었다. 앳된 얼굴에 단발머리를 한 유학생 혜진은 미얀마의 역사, 언어, 문학 등 다양한 분야를 PPT로 정리해 한국어로 설명해주었는데, 수강생의 대부분인 작가들이 다소 생소한 단어와 긴 문장으로 질문을 해도 놀랄 만큼 잘 이해하고 능숙하게 대답했다.

"지금의 상황이 계속된다면 고향으로 돌아가기 힘들 거예요. 제 나라에서 여성들이 자유롭게 공부를 할 수 있던 시절은 얼마 되지 않아요. 돌아가면 우리는 공부를 할 수 없을 겁니다."

유학 중 미얀마에 군부가 들어서면서 혜진은 고향의 가족에게로 돌아가지 못했다. 언제까지 한국에 머물 수 있을지 모르겠다고 혜진이 말했다.

마지막 강의 '미얀마의 정치'를 앞두고 혜진은 코로나19에

감염되었다. 신기하게도 혜진에게서 바이러스가 전염된 사람은 아무도 없었다.

우리는 군부와 대립하는 유혈의 참극 속 미얀마 민중과 고향에 돌아가지 못하고 낯선 곳에 격리되어 있는 혜진을 위해 돈을 모으고 그들의 무사를 빌었다.

믿을 수 없이 따뜻한 날도 있었지만, 몹시 추운 날도 적지 않은 겨울이었다.

그날이 그런 차가운 날이었다.

딸들과 나는 가장 두꺼운 외투를 꺼내 입고 모자를 꾹 눌러쓰고 산길을 걷다가 내려왔다. 마을 입구에 있는 어린이집 마당 하얀 울타리 위에서 색색의 바람개비들이 한 방향으로 세차게 돌아가고 있었고, 지붕과 지붕을 연결한 줄 위에는 만국기가 바람에 펄럭였다.

눈발이 하나둘 흩날리기 시작했으나 아직 햇볕은 그대로여서, 마당을 덮은 마른 잔디는 노랗고 환했다.

환한 잔디 위로 눈송이가 떨어졌다.

펑펑펑 눈이 내리면 산속 토끼는 어떻게 사나.

어린이집 이층에서 아이들의 노랫소리가 들려왔다. 익숙한 동요였다. 딸들이 어렸을 때 내가 자주 들려주던 노래였다.

우리는 창문 아래 멈춰 섰다.

토끼야, 토끼야. 얼마나 추우니.

딸들이 아이들의 노래를 따라 불렀다.

춥지 않아. 나는 털옷을 입었잖아.

나도 노래를 불렀다.

토끼야, 토끼야. 추운 겨울이 오면 너희는 어디로 가니.

우리는 노래를 흥얼거리며 어린이집을 지나 집으로 가는 모퉁이를 돌았다. 다세대주택이 모여 있는 골목에 낯선 사람들이 보였다. 똑같은 검은 패딩을 입고 검은 모자와 마스크를 쓴 남자들이었다.

딸들과 나는 노래를 그치고, 걸음을 멈췄다.

남자들은 골목 양쪽 벽에 기대어 있었다. 누군가는 뒤돌아선 채로.

우리는 무언가에 가로막힌 사람들처럼 움직이지 못하고 그 자리에 서 있었다. 그림자 같은 검은 눈동자와 눈이 마주쳤다. 모두 비슷한 눈동자였다. 나와 눈이 마주치자 전부 뒤돌아서서 양쪽 건물로 더 바싹 붙었다.

그들이 갈라져 서 있는 길을 더듬더듬 지나쳐올 때의 우리.

그때 우리의 몸에서 뿜어져 나오던 기운.

골목 안에서 느낀 공기와 바람.

나는 모든 것을 기억할 수 있다.

그것은 길에서 흔히 마주치는 이웃에 대한 마음이 아니었다. 소라와 마주 앉아 이야기를 나눌 때, 풍등을 따라 전속력으로 달리는 누완을 CCTV 화면으로 볼 때, 눈물이 떨어질 것만 같았던 그의 큰 눈동자를 보았을 때, 영민한 혜진이 고향으로 돌아갈 수 없다고 앳된 얼굴로 말했을 때, 르포를 쓰며 세상에 없는 엠과 엔의 이름을 부를 때의 내 마음과는 다른 것이었다.

겨울이 다 지나 소라에게서 이메일이 왔다. 우리가 만난 후 네 번의 계절이 지나서였다.

아팠다고.

소라는 많이 아팠다고 했다.

인터넷 신문에 실린 르포는 잘 읽었다고.

기사를 본 사람들이 연락을 많이 해주어서 기뻤다고.

'소설 속 아불이 죽어서 마음이 아팠지만, 우리에게는 너무 흔한 일이었습니다.'

소라가 이메일에 썼다.

그리고…… 벚꽃이 지고 라일락 내음이 바람에 섞여들던 봄날, 누군가 SNS에 올린 웹자보에 소라의 이름이 있었다. 나는 우리가 만든 기획 르포집 『제7의 인간』을 가방에 챙겨 넣고, 그리 비싼 것은 아니지만 소라가 좋아할 만한 빵을 몇 조각 사 들고, 여의도 국회의사당역 3번 출구, 웹자보에 표시된 장소로 갔다.

하늘이 흐렸지만 비는 내리지 않았고, 머리 위를 지나가는 바람에서 꽃향기가 났다.

오랫동안 해고 노동자로 살았던 여성, 휠체어를 탄 백발의 남자, 무지개색 깃발을 든 사람들, 피부색이 다르거나 걷지 못하는 사람들 속에서 분홍색 재킷을 입은 소라의 모습이 보였다. 소라는 그때와 같은 재킷을 입고 있었다.

소라가 단상 위로 올라가 발언을 하는 동안, 나는 인도 옆 나무에 기대서서 휴대폰 카메라 화면을 확대해 그녀에게 초점을 맞췄다. 그녀의 얼굴이 내 앞으로 당겨졌다. 긴 머리카락 앞으로 드러난 이마는 여전히 환하고 정결했지만, 그녀의 한국어 실력은 내가 기억하고 있던 것만큼 유창하지는 않았다. 단상 위의 소라가 긴장하고 있는 것일지도 모르고, 일 년 전 그때의 내가 그랬던 것일지도 모르고.

"소라!"

나는 발언을 마치고 군중 속으로 들어가는 소라에게 다가서며 그녀의 이름을 불렀다.

"아, 유가은 선생님!"

소라가 걸음을 멈추고 내 쪽을 바라보았다.

"존재 자체가 불법인 사람들은……"

소라의 뒤를 이어 해고 노동자의 발언이 시작되었다.

"새로운 시대에서……"

우리는 한 발짝씩 가까워지고 있었다.

"한번 안아볼까요? 유가은 선생님……"

아름다운 소라가 내게 말했다.

이상한 빛과 냄새와 적요

오길영(충남대 교수 · 문학평론가)

나는 이수경의 첫 소설집 『자연사박물관』(이하 『자연사』)을 다룬 글을 이전에 썼다. 『자연사』의 문제의식을 짚으려고 한 대목을 인용한다.

되풀이 말해 『자연사』는 한 노동자 가족의 초상이다. 그 초상화에는 학생운동을 하다 만난 부부, 노조 활동을 이유로 해고된 남편, 예민한 감수성을 지닌 부부의 딸, 노동자 아내인 '나' 혹은 '그녀'의 어머니와 아버지의 모습들이 담긴다. 그리고 깊이 있게 조명되지는 않지만 노동자 부부가 관계 맺는 외국인 노동자들의

* 2021년도 충남대학교 학술연구비의 지원을 받음.

모습이 동시에 그려진다. 소설은 그렇게 위로, 옆으로 이야기를 펼쳐가면서 이 시대의 한 축도를 만들어낸다.[1]

두번째 소설집 『너의 총합』(이하 『총합』)은 "노동자 가족의 초상"을 더 확장한다. 우리 시대 가족 안팎의 이야기를 담는다. 결론을 당겨 말하면 『총합』은 내용 측면에서만이 아니라 서술 시점을 아우른 형식적인 면에서도 재현의 문제를 더 깊이 있게 천착하려는 노력이 돋보인다. 이제 한 작품씩 차례대로 그런 모색이 어떻게 드러나는지를 소략하게나마 살펴보겠다.

1

첫 작품 「어떻게 지냈니」는 제목부터 인상적이다. "어떻게 지냈니"라는 질문은 누가 누구에게 하는 것인가? 질문하는 쪽과 질문을 받는 쪽을 편하게 구분하는 서술 방식에 대해 이수경은 거리를 둔다. 『총합』에서는 영화에서 사용하는 캐릭터(character)의 시점 숏을 교차하는 방식을 활용한다. 그런데 영화에서도 시점 숏의 변화를 예민하게 보지 않으면 놓치듯이, 이미지가 아니라 글로 서술되는 소설의 경우 그런 시점

---

1 오길영, 「노동과 생활」, 『황해문화』 109호(2020년 겨울), 239쪽.

의 변화는 독자가 꼼꼼하게 작품을 읽을 것을 요구한다. 「어떻게 지냈니」는 신애의 시점을 따라간다. 이 작품만이 아니라 전체적으로 『총합』에서는 중년 여성 캐릭터를 일인칭 화자(narrator)로 삼는 구성을 따른다. 삼인칭 서술자가 있는 경우에도 화자는 주인공의 시점과 겹치는 초점 화자(focalized narrator)로 기능한다. 「어떻게 지냈니」는 신애가 바라보는 "스무 살 무렵 둘이 대학에서 만난" 남편 영호, 딸 윤아, "대학생이 된" 이름이 나오지 않는 아들을 대하는 신애의 기억과 현재, 그리고 신애의 느닷없는 죽음을 바라보는 서술자의 시점이 뒤섞여서 서술되는 다소 복잡한 서술방식을 쓴다.

윤아가 열 살이 되었을 때 신애는 윤아가 동화책에서 본 것과 비슷한 모양의 타원형 거울을 벽에 걸어주었다.

세상에서 제일 예쁜 우리 윤아.

거울 속 일산 윤아는 열세 살 열일곱 살 스물세 살 윤아가 되었다. (……) 그날 밤.

신애는 윤아의 머리맡에 앉아서 이야기를 들려주었다.

몹시 추운 날이었다.

아빠가 두꺼운 목도리를 목에 감고 윤아와 동생에게 손을 흔들며 밖으로 나갈 때 문밖에서 휘익 하고 찬바람이 들어왔다.(14~15쪽)

이 문단에서도 신애의 시점에서 묘사하다가 바로 윤아의 시점을 병치시킨다. 그렇게 엄마와 딸이 각기 서로를, 혹은 가족을 바라보는 마음과 정서를 불러일으킨다. 이 작품만이 아니라『총합』의 어조는 대체로 가라앉아 있고 서늘한 느낌을 준다. 묘하게도 그런 서늘한 묘사에서 가족 관계, 인간관계의 뜨거운 정감을 독자는 느끼게 된다. 나는 이런 다소 복잡해 보이는 서술 방법에서 자칫 하나의 등장인물 혹은 서술자에게 작품에서 벌어지는 사태(사건과 기억)에 대한 인식과 해석을 모두 맡기길 경계하는 작가의 태도를 읽었다. 이수경은 첫 소설집에 비해 더 신중해졌다. 다층적인 시점을 통해 노동자 영호-신애 가족의 일상, 영호가 일하던 육가공 회사가 보내준 중국 여행에서 만나게 된 구걸하던 중국 소년, 그 소년과의 조우에서 자연스럽게 생겨난 사회주의란 무엇인가라는 물음이 서로 연결되어 드러난다. "자전거를 소유하기 위해 달리던 북경 소년 구웨이와 자전거를 갖고 싶었던 또 다른 소년의 이야기는 중국에서 상영되지 못했다."(26쪽) 덧붙여 이곳에서 벌어지는 "마을과 들과 길을 빼앗"긴 황새울 사람들의 이야기가 끼어든다. 벌어지는 사건의 와중에도 "새해가 되고 며칠이 지난 밤, 영호는 공장에 가고 신애는 두 아이 곁에서 이야기를 하고 또 했다. 열두 시간 긴 교대근무는 영호에게도 신애에게도 피해 갈 수 없는 운명 같았다."(31쪽) 그렇게 어떤 사건이 벌어져도 삶은 무심하게 이어지는 "연속적인" 것이다. 그 흐름 속에는 신애의 느닷없는 죽음도 자리

한다. 작가는 신애의 죽음에도 "공장에서 돌아오지" 못한 영
호의 생활을, 어떤 감상주의도 배제하고 적는다. 나는 처연한
듯 보이면서도 냉정하게, 무심하게 흘러가는 삶의 흐름을 응
시하려는 작가의 시선을 느낀다.

2

「서문 밖에서」는 대학에 입학해 숙소를 찾는 아이와 엄마
의 여정을 따라간다. 사소해 보이는 소재다. 하지만 그 소재
를 활용해 작가가 다루는 엄마와 아이 사이에 작동하는 세대
차이에서 발생하는 정서적, 감각적 거리를 천착하는 능력은
만만치 않다. 화자인 엄마 '나'는 아이를 보면서 동시에 자신
의 마음을 돌아본다. '나'는 성찰적이다. 자신의 감정에 대해
"단순하고 허황된 감정"이라고 직시하기는 쉽지 않다.

아이에게 어리숙하고 물정 모르는 어른으로 보이고 싶지는 않
아서 평소보다 크고 명랑하게 말했지만, 실제로 나는 그런 일에
무지했다. 자동차를 새로 산 적도 없었고 새집으로 이사를 하기
위해 부동산 중개소 같은 곳에 가본 적도 없었다. 스물아홉 살에
결혼한 후 아이가 태어나 만 열여덟 살이 될 때까지 살던 집에서
만 살았고 타던 차를 탔다. 그러니까 십팔 년 동안 변한 것도 변

할 만한 일도 없었기 때문에 무언가 새로운 것을 찾는 일에는 서툴고 자신이 없었다.(40~41쪽)

'나'는 이제 대학생이 된 아들에게 배운다. 조심스러운 판단이지만 나는 최근 한국 소설에서 부모와 자식, 특히 엄마와 아들 사이의 관계를 진득하게 묘사하는 작품을 거의 읽지 못했다. 모성을 무조건 신비화하는 것도, 그렇다고 모성을 아무 실체가 없는 것으로 탈신비화하는 것도 딱히 마음에 들지 않는다. 좋은 문학은 다만 그 관계의 의미를 날카롭게 묻는다. 이 시대에 엄마의 마음은 무엇이냐고. 이 작품은 그런 물음을 찬찬히 제기한다. 엄마를 대하는 아이의 태도에는 뭔가 못마땅한 것이 있는데, 그것은 가족 관계에서 발생하는 정서의 차이 때문만은 아니다. 아들이 얘기해주는 "명문대를 졸업한 취준생"인 "좋아하는 형"의 에피소드가 그 점을 예리하게 드러낸다. 성체가 된 멍게에게는 뇌가 필요 없기에 자신의 뇌를 먹어치운다는 에피소드에는 우리 시대 젊은이의 초상이 담긴다. "우리도 멍게예요. 이미 바위에 붙어버렸어."(48쪽)

이 대목을 읽으며 얼마 전 졸업한 지 몇 년 만에 연구실로 찾아온 제자(J라고 하자)와 꽤 길게 얘기를 나눈 기억이 떠오른다. 대학 시절 영화 동아리에서 활동했던 J는 이제 단순하게 반복되는 직장 일, 종종 부딪치는 직장 내 폭언, 지역에는 마땅한 일자리가 없어서 어떻게든 수도권으로 새로운 직장을 찾아 떠나는 친구들을 보면서 느끼는 착잡함, 그러면서도 자신이 애정을 가진 지역에 남고 싶은 마음을 털어놨다. 다시 확인한 사실. 나와 청년 세대 J 사이에는 쉽게 넘을 수 없는 감각과 인식의 벽이 존재한다는 것. 그래도 이해하려는 노력을 포기할 수는 없다는 것. 그래서 누구나 자신과 동세대 사람들과 상대적으로 강한 친화감을 느끼게 된다. 『총합』에서 청년 세대보다는 아마도 나와 동세대인 부모 세대에 더 마음이 간다. 다시 말해 「서문 밖에서」에서 그려지는 중년 서술자의 자식 세대, 청년 세대와 정서적 거리감이 그만큼 커졌다는 뜻이다. 「서문 밖에서」는 그 거리감을 신중하게 숙고한다.

아이가 원하는 것이 실제로 이루어진 것은 무엇이었을까.

그것은 언제였을까.

혹시 그런 것이 있었다면, 형이나 삼촌 같은 사람들, 아이의 느낌대로라면 그 천재들과 마작 경기를 하고 돌아오던 그때, 그것이었을지도 모른다.

"왜 그걸 해?"

마작 같은 것이 그들의 인생에 큰 도움이 된다고 생각하는 부모는 드물 것이고 나 또한 어쩔 수 없이 내버려둔 일이었지만 어느 날 그렇게 물었던 적이 있었다.

그때 아이는 "성장하고 있는 게 느껴져서요. 우리는 모든 게 대등했어요" 하고 대답했다.(51~52쪽)

이런 대화에는 자신의 견해를 섣불리 강요하지 않는 신중하고 사려 깊은 마음이 깔려 있다. 그래서 화자는 계속 묻는다. "아이가 원하는 것이 실제로 이루어진 것은 무엇이었을까. 그것은 언제였을까." 나는 그 물음에서 어른인 척하는 게 아닌, 진짜 어른의 마음을 읽는다. 엄마와 아이, 어른과 아이, 기성세대와 청년 세대 사이에는 서로 알지 못하는 틈이 있다. 그래서 마지막 문장이 인상적이다. "그들이 누구인지 우리가 잘 모르는. 어쩌면 그들 자신도 아직은 잘 알지 못하는."(58쪽) 작가가 생각하는, 나도 공감하는 좋은 세상은 그 누구도 자신에 대해서나 남에 대해서나 함부로 다 안다고 자신하지 않는 이들이 맺는 세계, 그렇게 결핍을 안고 있는 존재가 서로 이해하려고 노력하는 세계다. 그렇지 못한 이들이 목청을 높이는 현실이기에 더욱 그런 마음이 강하게 든다.

3

「연희 북문」은 앞의 두 작품과는 달리 시선을 가족 밖으로 돌린다. 하지만 화자 '나'의 사려 깊은 시선은 비슷하다. 작품은 작가인 '내'가 대학 동창의 남편이자 곧 강제 출국을 앞둔 '그'를 찾아가는 여정을 따라간다. 그는 "내 친구의 남편

이성연"이다. 일인칭 등장인물 시점에서 다른 중요한 인물을 묘사하는 기법은 현대 미국 소설의 고전인 『위대한 개츠비』를 연상시킨다. 이런 기법에서는 묘사되는 대상도 흥미롭지만 묘사하는 화자의 내면이 더 주의를 끈다. 『위대한 개츠비』에서 주인공 개츠비만큼이나 일인칭 서술자이자 등장인물인 캐러웨이가 매력적인 이유다. 「연희 북문」도 그렇다.

오래전에 프랑스로 망명했던 사람도 파리에서 택시 운전을 했다고 전해진다.

파리의 택시 운전사가 망명했던 것은 70년대 말 공안 사건 때문이었다.

(……)

워싱턴의 택시 운전사 역시 그로부터 이십육 년이 지난 2000년 대 공안 사건 관련자였으며, 그에게도 한국은 돌아올 수 없는 나라였다.

그는 칠 년 동안 투옥되었고, 출소 후 워싱턴으로 추방당해 오 년간 입국이 금지되었다. 그가 받았던 혐의와 죄목이 무엇이었는지, 출소 후에는 왜 추방되었는지, 오 년의 입국 금지 기간이 만료되어 칠 년이 지났는데 왜 아직 돌아올 수 없는지 나는 잘 알지 못했다. 기어이 알려고 하지도 않았다. 어떤 경우, 아는 것만으로도 피해 갈 수 없는 위험이 있던 시절을 살아본 까닭이겠지만, 이제 이 세계에 그런 종류의 위험이 사라졌다고 확증할 수도 없었

다.(68~69쪽)

그를 찾아가는 '나'의 태도와 마음이 흥미롭다. 특히 위 인용문의 마지막 문장에서 드러나는 이 시대에 남아 있는 감시의 위험은 현실감이 있다. "어떤 경우, 아는 것만으로도 피해 갈 수 없는 위험이 있던 시절을 살아본 까닭이겠지만, 이제 이 세계에 그런 종류의 위험이 사라졌다고 확증할 수도 없었다." 그런 이유로 화자 '나'는 이성연에게 궁금한 마음을 갖고 있으면서도 섣불리 마음을 열어놓지도 않는다. 그런 화자의 태도를 비판적으로 볼 수도 있지만, 나는 그 마음에 서려 있는 시대에 대한 두려움에 공감하면서 이해하는 쪽으로 기운다.

'내'가 그를 만나러 가면서 만나게 되는 이들, 특히 젊은 세대에 대한 시선은 요즘 소설에서는 찾기 힘든 것이다. 요즘 한국 소설은 주로 이삼십대 캐릭터를 등장시켜 그들 사이에서 벌어지는 양상을 다루면서, 서로 다른 세대 사이에서 벌어지는 관계의 양상을 상대적으로 소홀히 한다. 특히 윗세대가 아래 세대를 바라보는 관점이 약하다. 「연희 북문」은 다르다.

몇 계단 앞에 피맛골에서 스쳐 갔던 두 사람이 이어폰을 한쪽씩 나누어 끼고 마스크를 쓴 채 각자의 책을 읽고 있었다. 90년대의 끝에 태어나 스무 살이 막 지났거나 그보다 한두 살쯤 더 되어 보이는 앳된 모습이었다.

'저 등이 견딜 수 있는 무게는 어디까지일까.'

도로로 올라가 택시를 타기 전까지 나는 그들의 뒤쪽 계단에 앉아, 지난날 우리들의 연약한 등을 짓누르던 무게에 대해 생각하며 시간을 흘려보냈다.(65쪽)

이런 작중화자의 안쓰러운 시선에는 어쩔 수 없이 작가 자신의 시선이 겹친다. 특히 이 작품의 화자 '나'의 직업이 작가로 설정된 것이 우연처럼 보이지 않는다.

마주치는 이들에게서 드러나는 '나'의 단순치 않은 마음을 전달하는 묘사가 눈에 들어온다. '나'는 섣불리 단정하지 않는다. "그것이 그에 대해 내가 알거나 안다고 생각하는 전부"기에 자신과는 다른 태도로 이성연을 대하고 보내는 다른 사람들의 입장을 '나'는 존중한다. 최근 읽은 묘사 중 가장 뛰어난 대목이 그 점을 전한다.

정원에서 뿜어져 나오는 나무와 풀들의 싱그러운 냄새 때문이었는지, 어디선가 흘러드는 낯선 느낌의 빛 때문이었는지, 연희북문으로 가는 도중 길을 잃을까 봐 불안했던 마음, 알 수 없는 장소에서의 만남이 괜찮지 않아서 망설이던 마음, 차라리 다른 사람들과 함께 만나는 것이 좋겠다고 생각하던 마음, 어쩌면 그보다 전에, 그가 자가격리를 끝내고 언제쯤 시간을 낼 수 있겠냐고 물었을 때, 내 친구가 '너는 작가니까' 그를 한번 만나달라고 할 때, 그와 그녀가 괜찮겠냐고 할 때, 내가 가졌던 모든 마음을 무화하듯 그 집을 감도는 이상한 빛과 냄새와 적요는 이전에 알고 있던 것과는 달랐고, 그래서 안전하게 느껴지기까지 했다.(73쪽)

여기서 묘사되는 "이상한 빛과 냄새와 적요"는 단지 집에서만 감도는 것은 아니다. 사람 관계에도 감도는 것이다. 그 필요성을 이렇게 문장으로 전달하기는 쉽지 않다. 이 장면이 주는 감흥은 어떤 영화의 이미지로도 그리기 힘들다. 문학에서만 가능한 문장의 매력이다.

4

『총합』은 이제는 한국 문학계에서 찾기 힘들어진 중년 여성의 시점, 아이를 키우는 엄마이자 아내의 시점에서 세계를 감각하고 해석한다. 당연한 말이지만 어떤 작가도 세계를 객관적이고, 중립적으로 재현할 수 없다. 자신이 제일 잘 아는 성적 정체성과 계급적 정체성을 지닌 주체와 그 주체가 속한 집단의 시각에서 세계를 본다. 이수경에게 그런 관점의 주체는 중년 여성이다. 그 여성이 꼭 공장 노동자일 필요는 없다. 가정주부, 작가 등 서 있는 위치는 다르다. 하지만 각자가 자신의 자리에서 노동하는 여성들이다. 「이별」은 특히 신중한

관찰자의 시각이 돋보이는 작품이다. 「이별」은 다른 작품과 구별되게 삼인칭 시점에서 남성 '그'의 생활에 접근한다. 그는 이혼남이다. 이혼 후 새로운 여성을 만나나 곧 헤어진다. 그리고 이혼한 전 부인이 사망했다는 소식을 듣는다.

> 육 년 전 그녀와 완전히 끝나버린 뒤, 그는 매일 저녁 회사 뒷골목에 있는 작고 허름한 식당에서 밥을 먹고 늦도록 술을 마셨다. 여자는 늦은 나이에 딸 하나를 낳아 혼자 키우면서 식당 일을 하고 있다고, 어느 날 그와 함께 술을 마시며 말했다. 두 달쯤 뒤에 그와 여자는 살림을 합쳤다. 그때 그의 아들은 막 고등학교를 졸업했고, 딸은 다른 도시에서 대학에 다니고 있었고, 여자의 아이는 열두 살이었다.(90쪽)

『총합』에는 캐릭터 이름이 명확하게 표기되지 않는 경우가 종종 있다. 이 인용한 문장에서도 "그녀"는 그의 전 부인이고, "여자"는 이혼 뒤에 그가 만난 여성이다. 왜 인물들에게 고유한 이름을 부여하지 않은 걸까? 짐작건대 「이별」과 『총합』 전반에서 작가가 주목하는 사건들이 비단 특정한 여성에게만 일어나는 일이 아니라는 판단이 작용하고 있는 게 아닐까.

사람이 만나고 헤어지는 일이 보통 일은 아니고, 그런 만남과 헤어짐을 묘사할 때 감상주의적 격정이나 정념의 문장을 쓸 수도 있다. 이수경은 그런 손쉬운 길을 가지 않는다. 서늘

할 정도로 건조하게 묘사한다. "그와 여자가 법적인 부부인 적은 없었기 때문에 이별도 간단했다. 여자가 말없이 떠났듯, 그도 떠나는 이유를 묻거나 붙잡지 않았다."(91쪽) 묘사는 서늘한데 독자가 느끼는 감흥은 그렇지 않다. 「이별」에는 그, 전 부인 그녀, 헤어진 여자와의 관계도 드러나지만 그의 아들, 그리고 아들이 "스물여섯이 되자 결혼"한 "아들의 동갑내기 아내"와 그가 맺는 관계도 중요한 부분을 차지한다. 그런 부분에서는 그의 시점이 아니라 아들의 시점에서 바라본 아버지 그, 어머니 그녀의 모습이 그려진다. 그리고 그의 딸의 시점에서 바라본 그녀, 즉 엄마의 모습도 추가된다. 이런 교차하는 시점에 기댄 묘사를 통해 특히 남성 주체인 그와 그의 아들의 시점에서는 온전하게 파악할 수 없는 가정 폭력의 문제가 뾰족하게 부각된다. 통상 가정 폭력의 문제는 부부 관계의 문제로 치부되고 그 폭력이 아이들에게 미치는 영향은 소홀히 취급된다. 이 작품은 아버지인 그는 인지하지 못하는 맹목 지점을 딸의 시점에서 드러낸다. 아버지인 그는 엉뚱한 생각을 한다.

그녀도 어머니처럼 어디론가 가버릴 것만 같았다. 그녀를 붙잡기 위해서라면 그는 무엇이든 할 수 있었다. 그는 자신이 가진 것, 자신의 마음 전부를 주었다. 불안하고 화가 나서 그녀를 심하게 때린 다음 날 아침에는 무릎을 꿇고 빌었고, 어쩌다가 깨진 술병이나 뾰족한 물건으로 몸에 상처를 입힌 날에는 출근도 하지

않고 그녀를 지켰다. 그녀가 아이들을 데리고 숨거나 도망칠 때
마다, 그가 알고 있는 모든 곳을 찾아 헤맸다. 그가 그녀를 얼마
나 사랑했는지 아는 사람은 그녀뿐일 것이다.(102쪽)

　마지막 문장이 눈길을 끈다. 그는 자신의 행동을 사랑이라
고 생각 혹은 착각하지만 그건 자신만의 생각일 뿐이다. 그는
사랑이 주관적인 느낌의 문제가 아니라 사람이 맺는 관계의
문제이고 자신의 결핍을 채우는 대체물을 찾는 것이 아니라
는 걸 모른다. 「이별」이라는 제목이 아프게 느껴지는 이유다.

5

　「선량하고 무해한 휴일 저녁의 그들」은 「이별」처럼 가정 폭
력 문제에 주목한다. 이때 폭력은 단지 물리적 폭력의 문제가
아니라 상대방의 감정을 헤아리지 못하는 무지의 문제, 곧 모
욕의 폭력이다.

　수아 아빠가 기억하든 기억하지 못하든, 술에 취해서였든 얼마
간 악의적인 행동이었든, 그의 몸이 내 몸을 그토록 무방비하게
쓰러뜨릴 수 있다는 것은 상상해본 적이 없는 일이었다.
　그것은 폭력이라기보다는 모욕에 가까웠다.

차라리 손으로 머리통이나 얼굴을 한 방 날렸다면 나도 달려들거나, 피하거나, 살다가 한두 번쯤은 있을 법한 심각한 부부싸움 정도로 생각하고 말았을지도 모르지만, 그럴 수 있는 일은 아니었다.(119쪽)

이 문장을 읽으면서 젠더 이론을 강의하는 수업에서 학생들에게 내가 했던 말이 떠오른다. 이 수업에서는 버지니아 울프의 에세이 「자기만의 방」과 「3기니」를 주요 교재로 사용한다. 「3기니」에서 울프는 가부장제가 만들어내는 독특한 심리적 성향으로 '유아고착증(infantile fixation)'이라는 개념을 끌어들인다. 정신분석학자 자크 라캉이 고안한 상상계(the imaginary) 개념과도 일견 통하는 이 개념은 자신과 다른 세계, 혹은 주체를 인정하지 못하고 어린아이처럼 세계를 자신만의 고착된, 고정된 시각에서 바라보는 것을 뜻한다. 아이가 그렇게 하는 건 자연스럽다. 그게 아직 주체가 되지 못하고 상상계에 머문 아이의 특징이다. 그런 아이에게는 자신이 세계의 중심이다. 세계는 '나'를 중심으로 돌아간다. 하지만 주체가 되고 어른이 된다는 건 세계의 중심이 '나'가 아니라는 것, 세계에는 '나'와는 다른 감각과 인식을 지닌 주체들이 존재하며, '나'는 그런 다른 존재와 관계를 맺는 법을 배워야 한다는 걸 알게 된다는 뜻이다. 그것이 쉽게 말해 성숙해진다는 것이며, 울프가 말한 유아고착증에서 벗어나는 것이다. 하지만 그런 일이 나이를 먹는다고 저절로 일어나지는 않는다. 성숙한 성인이 된다는 건 "기억하든 기억하지 못하든, 술에 취해서든 얼마간 악의적인 행동이었든" 자신의 말과 행동이 가져올 효과를 예민하게 의식하고, 그 결과에 책임진다는 뜻이다. '나'가 한 말이 사랑의 의도에서 나온 말이더라도 그 말이 상대방에게 "모욕"으로 느껴졌다는 사실을 인지할 줄 알아야 한다. 말과 행동의 효과는 '내'가 아니라 그 말과 행동이 전해지는 상대방과 남들이 정한다.「선량하고 무해한 휴일 저녁의 그들」은 이 지점에 착목한다.

남편과의 관계에서 "모욕"을 느낀 서술자 "나"는 자신의 딸 수아가 같은 경험을 하지 않을까 내심 걱정한다.

사랑하는 사람의 몸은 부드럽고 따스한 애정으로 가득할 것이고, 수아와 석이 역시 봄날의 행복한 연인일 것이다. 그러나 석이 옆에서는 너무 작고 연약해 보이는 수아가 나는 어쩐지 위태롭게만 느껴졌다.

(……)

수아 아빠는 화로를 빌려와 장작불을 피웠다. 조금 떨어진 산비탈에서 준이가 내려오는 모습이 보였다. 그 무엇에도 위협이 되지 않을 것 같은 사랑스러운 아들이었다. 그런 준이와, 작고 연약한 강아지를 안고 텐트 밖으로 나온 수아와, 수아 곁의 석이와, 고기와 마시멜로를 구워 세 아이에게 골고루 나눠주는 수아 아빠.

그날 저녁, 우리는 서로에게 더없이 선량하고 무해했다.

(123~124쪽)

이 문장은 화자 '내'가, 그리고 아마도 작가가 바라는 세상이 무엇인지를 명료하게 요약한다. "서로에게 선량하고 무해"한 세상. 그러나 이 작품에서도 문득문득 드러나듯이 그런 세상을 위협하는 요인은 많다. 그 위험은 외부에서 오는 것만이 아니라 관계 내부에서도 온다. 그래서 중년 여성이자 엄마인 '나'는 "수아가 나에게 뭘 감추고 있는 건 아니겠지"(127쪽)라고 의심한다. 그런 의심은 '나'의 엄마에게 폭력을 행사했던 아버지에 대한 기억으로 이어지고, 아버지에 대해 가졌던 냉정한 마음을 떠올리게 한다. "아빠가 나를 와락 껴안았다. 나는 아빠의 팔에서 느껴지는 안심과 사랑을 믿지 않았다. 아빠의 팔에 숨겨진 또 다른 힘을 나는 알고 있었다."(131쪽) 좋은 소설은 이런 "숨겨진 또 다른 힘"이 무엇인지를 탐구한다. 그것이 설령 사랑이라는 이름으로 포장된 가족일지라도.

6

「나는 고인 눈물이다」는 시어머니를 요양원으로 보낸 '나'

가 시어머니의 삶을 돌아보면서 반추하는 여성의 삶이 고갱이를 이룬다. 그리고 아들 준이, 준이 아빠의 죽은 여동생 선이의 이야기가 끼어든다. 앞의 작품들이 화자가 바라본 동세대, 혹은 아래 세대의 이야기를 전한다면 「나는 고인 눈물이다」는 윗세대로 시선을 돌린다.

여든 살 가까운 나이에 그 일을 그만두어야 했을 때, 마지막 청소를 마치고 집으로 돌아간 날, 어머니는 나에게 전화를 걸어 인생이 끝난 것 같았다고 했다. 준이 용돈을 줄 수도 없고 시아버지 제삿날 돈을 보태줄 수도 없게 되었다고. 홀로 준이 아빠를 돌보던 무수한 날들도 떠올렸을 것이다.

시켜만 주면 일할 수 있는데 이렇게 매정할 수가 있냐며, 몇 년 전 파킨슨병 진단을 받고서 하필이면 팔다리에 몹쓸 병을 주었냐고 하던 그때처럼, 어머니는 매정한 것들에 슬퍼하고 낙담했다.

어머니가 말하는 '매정'은 병든 몸으로도 지켜온 노동에 관한, 어쩌면 그것으로 지켜오던 것을 끊어내야 하는 마음이었을지도 모른다.(143쪽)

노동하던 몸에게 시간의 흐름은 병을 가져오고 더 이상 노동하지 못하게 한다. 굳이 "매정한 것"들이 무엇이냐고 묻는다면, 그건 세월일 것이다. 인용문의 마지막 문장은 이수경만이 쓸 수 있는 득의의 문장이다. 한 나이 든 여성이 느끼는 매정이라는 감정이 단지 주관적 감정의 토로가 아니라 그 말이 나오게 된 "몸으로도 지켜온 노동"과 연결된 것이며, 노동이 "지켜오던 것"을 더는 할 수 없는 몸의 상태와 관련된다는 걸 드러낸다. 아무나 사유할 수 없는 지점이다. 이 인용문이 슬픈 이유는 어머니의 모습이 노동하는 모든 여성의 미래이기 때문이다.

'나'는 시국사건에 연루되어 체포된 남편 준이 아빠, 남편과 시어머니의 오래전 삶을 되돌아보며 그것과 겹치는 자신의 모습을 발견한다. "그런 사무치는 슬픔을 오래 붙들 수 없었던 것은 어머니나 나나 마찬가지였을 것이다. 어머니에게는 아버지를 잃은 두 딸과 준이 아빠가 있었고, 나에게는 울지 못하는 준이가 있었다."(148쪽) 이 작품은 '나'의 현재 가족 관계만이 아니라 과거로 거슬러 올라가 하나의 가족사를 보여준다. 첫 소설집 『자연사』에서 내가 인상적으로 읽은 부분도 노동자 부부의 형상화보다는 위로, 옆으로 이어지는 가족사를 다룬 작품이었다. 노동자의 아내인 '나'의 엄마 이야기를 다룬 「인생 이야기」나 '나'의 엄마에게 폭력을 일삼던 아버지의 숨겨진 이야기를 찾아가는 「노블카운티」가 그래서 마음에 들었다. "우리에게는 무섭고 어머니에게는 고통스러운, 죽음"(「인생 이야기」)의 뒷면을 짚으면서, '나'는 자신과 여동생이 겪어야 했던 엄청난 심리적 트라우마를 마주하려고 한다. 「나는 고인 눈물이다」는 가족사의 숨겨진 역사를 드러내는 작가의 역량이 뛰어나다는 걸 다시 입증한다.

화자 '나'가 시어머니의 삶을 바라보는 시각은 다시 '나'를 바라보는 아들 준이에 대한 '나'의 생각으로 이어진다.

나는 준이의 노트 속 '과거'의 이야기를 읽는다.

아무에게도 연락할 수단이 없고 서로의 눈을 마주치는 것조차 금지된 곳에서 스무 살 준이가 유일하게 말을 걸었던 노트, 그날 밤 내 얼굴을 똑바로 바라보며 준이가 했던 말, 준이 아빠의 휴대폰 화면 속에서 들려오던 어머니의 낯설고 이상한, 그러나 꼭 그렇지만은 않은 이야기가 나를 어느 시간 속으로 끌고 다닌다.(152쪽)

가족 구성원 각자의 이야기는 다른 가족에게는 "낯설고 이상한 그러나 꼭 그렇지만은 않은 이야기"다. 가족이라는 것이 그런 것이 아닐까? 가족은 매우 익숙한 관계이지만 「나는 고인 눈물이다」가 보여주듯이 때로 "낯설고 이상한" 관계이고, 왜 이상한지를 묻고 생각해보면 "꼭 그렇지만은 않은" 관계다. 이런 착잡한 가족 관계의 양상을 이 정도로 서늘하게 드러내는 작품도 드물다.

7

마지막 작품 「눈이 내리면 그들은」은 다른 작품과 다르게 한국인 가족 관계의 문제를 다루지 않는다. 한국으로 이주해 와서 후천적으로 한국인이 된 사람들을 다룬다. 화자 '나'와 "마이투, 한국 이름은 소라"의 관계가 서사의 요체이다. 이주 여성 마이투는 한국에 온 지 십오 년이 지나 한국 국적의 소라가 되었다. 「눈이 내리면 그들은」은 마이투 혹은 소라같이 한국 남성과 결혼해 한국에 온 여성들의 숨겨진 이야기를 드러낸다.

소라는 쉼터에 머물다 떠난 여자들에 대해 많은 것을 알고 있다. 그녀들에게 무슨 일이 있었는지. 고향 집으로도, 남편과 아이들이 있는 곳으로도 돌아가지 못하는 여자들이었다. 유골로 돌아간 여자도 있었다. 스물일곱 살 여성도 있었고, 열아홉 살 여성도 있었다.

유골이 되어 고향에 돌아간 여성은 소라의 친구였다.(164쪽)

한국문학 지형에서 취약한 부분 하나는 대부분의 작품이 여전히 단일민족 신화에 갇힌 태생적 한국인의 생활에만 초점을 둔다는 것이다. 하지만 단일민족 '한국인' 개념이 흔들린 지는 꽤 되었다. 소라처럼 한국에 이민 와서 오래 살았고 사후적으로 국적을 얻어 한국인이 된 이주자들은 한국인이 아닌가? 그들과 한국 남성 사이에 태어난 아이들은 한국인이 아닌가? 한국인과 비한국인을 나누는 경계선은 어떻게 그어지는가? 점점 늘어나는 한국 사회의 이주 한국인들을 한국문학이 소홀히 하고 있다는 인상을 받는다. 이수경은 홀대받는 한국 사회의 새로운 구성원들의 목소리에 귀를 기울인다.

예컨대 이런 사연. 단일민족 신화 서사에서는 들리지 않는 이야기다. "마흔 살이었던 한국인 남편에게 맞아 갈비뼈가 부러지고 발목이 어긋났다. 당신과 함께 행복하게 살고 싶었습니다. 열아홉 살 엔은 그녀의 언어로 유서를 남기고 죽었다."(165쪽) 르포 작가인 유가은을 일인칭 시점 '나'로 삼아 「눈이 내리면 그들은」은 소라의 이야기를 기록한다. 「눈이 내리면 그들은」의 미덕은 유가은이 기록하려는 소라의 삶이 보여주는 생생한 사실성에만 있지 않다. 그보다는 '나'가 시도하는 재현으로 미처 담을 수 없는 토종 한국인과 이주민 소라 사이의 거리를 섬세하게 포착한 점이 돋보인다. 코로나 사태 같은 재난 상황이 벌어지면 누가 국민인지가 가려진다. 많은 사람이 코로나 팬데믹으로 고통을 겪었지만 그 양상에서도 차이가 발생한다. 소라는 묻는다. "재난 상황이 되면 알죠. 누가 가장 약자이고 누가 먼저 소외되는지. 당시 우리는 팬(pan)에 속하는 사람이 아니었어요. 우리는 어디에도 존재하지 않았습니다. 사람이 아니라면 우리는 무엇인가요. 우리

가 침묵해야 하나요……"(174쪽)

작가로 설정된 '나'는 특히 그 재현의 한계에 민감하다. 여기에는 작가 본인의 음성이 겹쳐 들린다.

"잘 알지도 못하고 써서 미안해요."

그러나 나는 소설 속 이주노동자 '아불'을 떠올리며 소라에게 미안하다고 했다. 아불은 나의 상상 속에서만 존재하는 방글라데시 청년이었다. 이름도, 나이도, 국적도, 죽음도 모두 만들어진 것이었다. 늦은 밤이나 새벽에 창밖에서 들려오던 이주노동자들의 낯선 언어와 노랫소리를 들으며 쓴 소설이었다. 나는 한 번도 그들 가까이에 가본 적이 없었다.(177~178쪽)

유가은은 자신이 하는 글쓰기 작업의 한계를 의식하면서도 "그들 가까이에" 가보려고 하는 불가능한, 하지만 소중한 노력을 시도한다. 어쩌면 이런 태도는 소설을 포함한 모든 글쓰기에 필요한 태도다. 그렇기에 이 작품의 마지막 구절이 마음에 강한 인상을 남긴다. "한번 안아볼까요? 유가은 선생님…… 아름다운 소라가 내게 말했다."(186쪽)

뛰어난 작품은 이렇게 단 하나의 문장으로 인물 사이에 작동한 정념을 표현한다. 『총합』은 그런 정념을 매우 신중하고 사려 깊게 표현하는 보기 드문 성취다.

2022년 12월 25일, 한 성자가 세상에 온 날, 조세희 선생이 먼 우주의 작은 공으로 떠나셨다는 소식을 들었다.

"저는 본래 아주 나약하기 짝이 없는 연약한 작가이지만, 삼십 년 전에 철거민의 슬픔, 아픔, 고통에 대해, 우리가 살아야 할 미래가 아름답기를, 그리고 슬프지 않기를, 모든 것이 평화롭고 평등하기를, 그래서 고통이 어느 한쪽으로만 집중이 되는 걸 막을 생각으로, 시민의 한 사람으로서 『난장이가 쏘아올린 작은 공』을 썼습니다."

2009년 1월, 용산4구역 남일당 옥상에서 농성을 하던 철거민 다섯 명과 경찰 한 명이 경찰특공대의 무자비한 진압 작전으로 목숨을 잃었을 때, 선생은 아픈 몸을 이끌고 참사 현장을 찾는다.

'견딜 수 없어서' 나왔다고.

횃불을 만들기 위해 작은 촛불 하나를 들고 왔다고.

'나약하기 짝이 없는 연약한 작가'이지만, 내게도 작은 촛불이 하나 있다면, 어디를, 누구를 비출 수 있을까.

삼 년 전 강출판사에서 펴낸 첫 소설집 『자연사박물관』에서는 기계에 끼여 죽지 않고, 차별받지 않고, 일터에서 쫓겨나지 않는, 한 사람의 온전한 인간으로 안전하게 살아가기 위해 노동조합을 만든 노동자와 그의 가족을 만났다. 두번째 소설집 『너의 총합』은 이 시대 청년의 이야기를 하고 싶어서 쓴 소설들이다. 그들을 이해하고 싶었다.

어디서부터 어떻게 시작해야 할까.

그 시절의 '우리'를 먼저 이해해야 할까.

그들의 부모, 부모의 부모가 살아낸 어떤 시절.

전 세대가 만들어놓은 세계를 견딜 수 없어서 슬퍼하고 절망하고 저항했던 우리의 모습에서 그들을 볼 수 있을지도 모른다고 생각했다.

그러나 '그들이 누구인지 우리는 잘 모르고, 어쩌면 그들 자신도 아직은 잘 알지 못할' 거라는 결말이 나는 마음에 들었다.

"우리 한번 안아볼까요?" 하고 두 팔을 벌리며 걸어오는 쪽이 '나'가 아닌 '레티마이투'였다는 것도.

몸으로 살아온 모든 존재, 몸을 잃고 떠난 영혼들.

우리는 서로를 잘 모르지만, 안다는 것의 위험을 벗어나 당신들에게 더 가까이 가고 싶었다. '견딜 수 없어서' 가고 싶다.

2023년 봄
명동 '소설가의 방'에서

너의 총합

© 이수경

1판 1쇄 발행 ｜ 2023년 5월 12일
1판 2쇄 발행 ｜ 2024년 10월 11일

지은이 ｜ 이수경
펴낸이 ｜ 정홍수
편집 ｜ 김현숙 이명주
펴낸곳 ｜ (주)도서출판 강
출판등록 ｜ 2000년 8월 9일(제2000-185호)

주소 ｜ 서울시 마포구 동교로17안길 21 (우 04002)
전화 ｜ 02-325-9566
팩시밀리 ｜ 02-325-8486
전자우편 ｜ gangpub@hanmail.net

값 14,000원
ISBN 978-89-8218-318-8   03810